JOURNAL D'UN VAMPIRE EN PYJAMA

MATHIAS MALZIEU

Journal d'un vampire en pyjama

suivi de

Carnet de board

ALBIN MICHEL

ISBN : 978-2-253-13208-0 – 1re publication LGF

Pour Rosy, ma fleur de combat, ma sœur
et mon père, et tous les superhéros
avec ou sans blouse blanche qui n'ont pas
quitté le navire pendant la tempête.

« Accélère, mon Livre ! déploie tes voiles blanches ma petite barque à travers les vagues impérieuses.

Musique, fais voile, emporte apporte au-delà de l'infini du bleu à toutes les mers. »

Walt Whitman,
Feuilles d'herbe,
traduction Jacques Darras,
Poésie Gallimard, 2002.

« C'était bien la première fois qu'un patient venait à ma consultation en skateboard. »

Professeur
Peffault de Latour.

Je viens de traverser l'enfer en stop. Le véritable enfer. Pas celui avec du feu et des types à cornes qui écoutent du heavy metal, non, celui où tu ne sais plus si ta vie va continuer.

Faire le con poétiquement est un métier formidable

6 novembre 2013

« Tu fais trop de choses à la fois, tu n'as plus vingt ans », me disait-on.

Je me reposerai quand je serai mort.

Je suis un drogué du panache. J'ai des cavernes d'Ali Baba plein le crâne, à s'en faire claquer les orbites. Je ne m'ennuie jamais, sauf quand on me ralentit. J'ai dans le cœur un feu d'artifice. Véritable homme-volcan, c'est de la lave qui coule dans mon sang. Je cherche le spasme électrique de la surprise. Je ne sais pas vivre autrement.

J'ai toujours rêvé d'être un superhéros. Avant tout pour me sauver moi-même. Mais anéantir mes démons serait trop facile, car en réalité j'ai besoin d'eux. Si je les tue, je me tue. J'ai beau vouloir être inventeur, crooner, semi-poète, illusionniste, skateur en plastique, mangeur de femme en peau de crêpe et imitateur d'animaux sauvages, je suis insomniaque, angoissé et épuisé d'avoir trop cru. Comme si je m'étais foutu de ma propre gueule.

Ma boulimie créative a franchi un cap quand j'ai perdu ma mère. Elle n'a cessé d'augmenter ensuite. Chacun ses béquilles, les miennes sont des toupies électrifiées : je ne peux m'appuyer sur elles que lorsqu'elles sont en mouvement. Les règles sont simples : ne pas s'arrêter, éviter de freiner et surtout n'être enfermé nulle part, au sens propre comme au figuré. Faire le con poétiquement est un métier formidable.

Le rock'n'roll, c'est une oasis d'adrénaline pour enfants perdus. S'il existait une route qui permettait de faire le tour du monde en suivant l'équateur, mon groupe Dionysos aurait parcouru plus de quatre fois les quarante-quatre mille kilomètres en camion. Nous sommes une tribu électrique créée entre amis il y a déjà vingt ans. La scène fait pousser des ailes sous mon crâne. La friction des combustibles émotionnels me transporte. Quand je sens les rumeurs de la foule vibrer jusqu'au plus profond de mes os, je ne peux que me livrer sans compter. Le problème est que je donne plus que ce que j'ai. Je suis le plus con des dragons. Celui qui crache des étincelles et se crame les ailes avec.

À l'horizon pointe quand même l'envie des choses douces. Descendre dans le Midi, voir ma famille autrement que dans une loge après un concert, aller au cinéma en vélo et peut-être même devenir père.

Dernièrement tout s'est télescopé. Emporté par ce *roller coaster* tournée-film-livre*, je considérais mon écrasante fatigue comme un phénomène à peu près normal. Pas de vacances depuis deux ans, peu de sommeil, peu de soleil, mais une joie enragée : je dois coûte que coûte terminer ce long sprint avec en guise de ligne d'arrivée magique la sortie de mon premier long-métrage ! Impossible de galvauder ce fabuleux privilège. Je travaille à ce rêve depuis six ans, ce n'est pas le moment de craquer. Ralentissement interdit !

Dans les derniers hectomètres de cette course, nous tournons le clip de Dionysos, *« Jack et la mécanique du cœur »*, qui accompagnera la sortie

---

* J'ai adapté au cinéma mon roman *La Mécanique du cœur* sous le titre *Jack et la mécanique du cœur. (Toutes les notes sont de l'auteur.)*

de mon film d'animation éponyme. Après avoir quitté Paris sous les étoiles fanées du petit matin, le groupe à moitié endormi arrive au studio de tournage. Réveil matinal et rock'n'roll se marient à peu près aussi bien que tartines de confiture et whisky. Tout le monde parle au ralenti. J'ai les cernes de E.T. Grâce au maquillage et à l'image en noir et blanc, on se rend un peu moins compte que j'ai cent cinquante ans. Je me suis rarement senti si fatigué, mais j'ai mon costume trop petit et mes chaussures pointues. Ça devrait bien se passer.

Les caméras et les lumières sont en place, le tournage démarre. Nous faisons semblant de jouer la chanson. Ça se contorsionne dans tous les sens. C'est éprouvant et joyeux comme sauter dans les vagues.

Pourtant à la fin des prises j'ai l'impression que mon cœur va exploser. Sensation d'avoir une noisette à la place des poumons et de respirer dans une paille bouchée. Chaque saut me coûte une fortune de souffle. J'ai la tête qui tourne. Mes muscles se tétanisent. Mais il faut toujours une nouvelle prise. Je me suis défoncé sur les plans larges et on n'a pas encore commencé les gros plans. Je ne dis rien, j'essaie de reprendre ma respiration pendant les pauses. Le groupe est là, les gens de la maison de disques et l'équipe du film aussi. Impossible de reculer ou même ralentir. Je dois tout faire à fond. Inventer des histoires vraies me rend profondément heureux. Les vivre et les partager encore plus. J'essaie de me concentrer sur cette réalité.

Trentième prise : je serre les dents, tente de m'économiser sur les mouvements les plus violents tout en gardant l'intensité. J'ai le mal de mer. Personne ne se rend compte de rien. Cela me rassure mais renforce ma sensation d'isolement.

La journée se termine enfin. Tout le monde est content. Je croise mon reflet dans le miroir des toilettes, je suis plus pâle que Dracula. Je ne dis rien à personne. Mais le lendemain matin, je vais faire une prise de sang.

Indispensable à la vie

7 novembre 2013

J'entre dans une de ces boutiques médicales aux allures d'hôpital miniature qu'on appelle laboratoires. Une dose de silence bleu, une piqûre et un sucre plus tard, je suis libéré. « Vous êtes très très blanc, monsieur Malzieu… Ça va aller ? » L'infirmière qui vient de me piquer a ce sourire surentraîné à la compassion qui fout la trouille.

Nous sommes le vendredi précédant le week-end du 11 novembre, je n'aurai donc les résultats que mardi. Je remonte le boulevard Beaumarchais au ralenti. Une petite vieille avec un mini-chien coiffé comme elle me double sur la place de la République. J'achète *L'Équipe* et mange des nuggets pour ne penser à rien pendant plusieurs minutes d'affilée. Ça marche un peu.

Je rentre chez moi. C'est juste à côté mais ça me prend du temps. Je suis crispé de froid dans mon manteau alors que les gens se promènent en pull, peinards. Ça fait des semaines que je ne prends plus l'escalier, aujourd'hui même dans l'ascenseur je suis essoufflé.

Depuis quelques mois, on me dit tout le temps que je suis blanc. C'est vrai que j'ai un peu une tête de vampire. Pas la catastrophe non plus, il m'est déjà arrivé d'être plus fatigué en tournée. Je m'allonge quelques minutes en écoutant Leonard Cohen et me sens légèrement mieux.

J'appelle le taxi qui doit m'emmener sur le montage du clip. Entre-temps le téléphone sonne, un numéro que je ne connais pas.

— Bonjour, monsieur Malzieu ?

— Oui.

— Docteur Gelperowic à l'appareil, le laboratoire vient de m'appeler pour me communiquer vos résultats en urgence…

— Ah bon ? Ils m'avaient dit que je n'aurais rien avant mardi.

— Ils ont préféré vérifier immédiatement votre hémoglobine, qui s'avère être très basse. Vous êtes très fortement anémié. Le taux normal de globules rouges se situe entre 14 et 17 milligrammes. Vous en avez 4,6. Il faut aller vous faire transfuser immédiatement.

— Comment ça ?

— Vous n'avez pas assez d'oxygène dans le sang, il faut aller aux urgences, tout de suite !

— Tout de suite ?

— Avec aussi peu de globules rouges, vous ne devriez même pas tenir debout... Surtout évitez les efforts physiques, vous risquez l'accident cardiaque.

— Quel hôpital je dois appeler ?

— Le plus proche, ne tardez pas surtout !

Chaque phrase est une gifle. Je suis assommé. Je m'assois sur mon lit pour essayer de trier mes émotions. Toutes mes pensées deviennent floues. Les questions se catapultent, les réponses pas trop. Je me repasse le souvenir de la journée de la veille, à sauter partout comme le plus con des dragons. J'aurais pu me cramer le cœur en direct.

Le téléphone sonne à nouveau, c'est le même numéro.

— C'est encore le docteur Gelperowic. Nous venons de récupérer de nouveaux résultats...

— Alors ?

— Malheureusement, les trois lignées de globules sanguins sont atteintes. Votre taux de plaquettes est très bas.

— Les plaquettes ? Je ne me souviens plus exactement...

— Il s'agit des cellules qui arrêtent les saignements. Vous en avez très peu.

— Comment ça « très peu » ?

— La norme est entre 150 000 et 450 000, mais vous, vous en avez 11 500. En dessous de 20 000, on transfuse systématiquement. Vous avez saigné du nez récemment ?

— Oui.

— Surtout ne vous rasez pas, ne manipulez pas d'objets coupants et essayez de ne pas vous cogner, pour éviter tout risque hémorragique. Les globules blancs sont également touchés, monsieur Malzieu.

— Ce qu'on appelle les défenses immunitaires ?

— Oui. Vous avez 750 polynucléaires neutrophiles alors qu'il vous en faudrait le double. Je ne vous cache pas que c'est inquiétant…

— On va me transfuser pour ça aussi ?

— Ces globules-là ne se transfusent pas. En attendant la prise en charge, lavez-vous les mains le plus souvent possible.

— Mais qu'est-ce que tout ça veut dire ?

— Il faut vous faire quelques examens complémentaires pour diagnostiquer. On va devoir explorer votre moelle osseuse pour comprendre pourquoi vous perdez votre sang.

Les battements de mon cœur s'accélèrent. Mon petit appartement paraît immense. Hémoglobine, plaquettes, polynucléaires, transfusion… ces mots avancent sous mon crâne telles des ombres menaçantes. Je tape « moelle osseuse » sur Internet : « A un rôle vital dans le fonctionnement du corps humain. Elle est responsable de la formation des cellules particulières (globules rouges, blancs et plaquettes) appelées cellules souches hématopoïétiques. Ces cellules produisent l'ensemble des globules indispensables à la vie. »

Indispensables à la vie ?

Duty freaks

8 novembre 2013

8 h 30 du matin. Arrivée aux urgences de l'hôpital Cochin, recommandé par un ami médecin. La salle d'attente est un no man's land qui sépare le monde extérieur d'une porte coulissante d'où sortent des armées de blouses blanches. On dirait la zone duty free d'un aéroport un jour de crash.

Sur un panneau sont inscrites trois lois moins marrantes que celles des Gremlins* :

* Dans ce film fantastique des années 1980, il est question de trois règles : ne pas se mouiller, ne pas s'exposer à la lumière et surtout ne pas manger après minuit.

3. Vous êtes là pour une consultation, vous risquez d'attendre (plusieurs heures).

2. Votre état est préoccupant, vous serez pris en charge rapidement (moins d'une demi-heure).

1. Votre diagnostic vital est engagé, vous serez pris en charge immédiatement.

Deux infirmières me font passer de l'autre côté de la porte, je suis immédiatement pris en charge. Tout le monde est très calme et, dès que je présente mes analyses, très pressé. Des questions, des piqûres, des questions, une perfusion, un autocollant bizarre appelé patch collé sur le sternum. Des questions. De l'attente.

Autour, c'est la cour des miracles. Un homme avec un troisième genou sur le haut du tibia, une femme avec un cocard tellement vrai qu'on dirait un maquillage de cinéma, une vieille dame qui répète en boucle : « Aaaah, j'ai maaaaal, on m'a amputée », alors que ses bras et jambes dépassent de la couverture. J'attends sur mon lit à roulettes, un gros morceau de scotch collé sur les poils de l'avant-bras. Je regarde l'horloge. L'aiguille des minutes bouge à la vitesse de celle des heures. Les piles doivent être foutues.

Deux brancardiers arrivent et me proposent de m'installer dans un fauteuil.

— Mais je peux marcher, dis-je.

— On nous a dit de vous transférer en fauteuil, monsieur.

Ils m'empaquettent dans des couvertures et c'est parti pour un grand tour de karting. Prendre de la vitesse en fauteuil roulant sous le grésil avec son amoureuse qui court derrière sur l'aiguille de ses talons inquiets est une expérience chaplinesque. Je la regarde s'éloigner, on dirait une biche paumée qui apprend à gambader sur le bitume. Le vent accélère le mouvement des nuages entre les bâtiments. La couverture tombe. Les gardiens s'arrêtent, la ramassent et me bordent sur la chaise comme un très vieil enfant.

Nous arrivons enfin à l'entrée du bâtiment Achard. Une porte automatique s'ouvre lentement. Il pourrait pleuvoir dans le couloir, tant l'atmosphère est triste. L'ascenseur est réservé aux « malades ». C'est pas mon ascenseur normalement, je ne me sens pas tout à fait concerné. Les couloirs défilent. À chaque mètre parcouru ma peur augmente.

Nous pénétrons dans un service dit de soins intensifs. Tous les gens que je croise portent un masque, une blouse et un sac de pommes de terre sur la tête. On se croirait dans une centrale nucléaire de science-fiction. Nous approchons le réacteur : la chambre stérile. Pour y entrer, une porte de congélateur qui débouche sur un sas. Sur une table, du matériel médical et une sorte de hotte comme pour évacuer la fumée dans une cuisine. Accrochés à des patères, des déguisements de chirurgien. Un voyant passe du rouge au vert et une deuxième porte s'ouvre. On pousse délicatement mon fauteuil pour me faire entrer. Murs bleus et silence, entrecoupé de bruits de machines. Qu'est-ce que je fous là ? Le pire souvenir de ma vie remonte. Quand j'ai perdu ma mère, dans une chambre identique. Mon cœur tente de remonter dans ma gorge. La porte se ferme, je suis pris au piège. À l'heure qu'il est, je devrais être au montage du clip.

Combien de temps vais-je devoir passer ici ? Où est mon amoureuse ? Pourquoi ne la laissent-ils pas me rejoindre ? Que vont-ils me faire ? Mais qu'est-ce que j'ai, bordel ? J'aimerais, une transfusion ou deux plus tard, regagner le monde réel ; mais mon intuition me dit l'inverse. Je suis comme dans un train à l'arrêt lorsque personne ne donne d'information. Impossible de savoir ce qui m'attend.

La nuit se glisse entre les interstices du store mal fermé. Je reste dans le fauteuil car le lit me fait peur. Je regarde la toute petite télé éteinte.

On m'apporte un repas dans des barquettes en aluminium.

— Est-ce que je vais devoir dormir ici ?

— Le médecin vous le confirmera, mais je pense que oui, monsieur Malzieu, me répond une infirmière masquée.

Les couverts sont dans une pochette en plastique que l'aide-soignante déchire pour que je les prenne sans qu'elle ait à les toucher. Je n'aurais jamais imaginé que l'enfer soit un endroit aussi propre.

Quelque chose se passe dans le sas. Je reconnais la silhouette de Rosy, elle entre. Enfin un souffle de vie. Elle est inquiète mais me rassure. Ses étreintes me font l'effet d'une cabane. Dans mon précédent livre, j'inventais l'histoire vraie de notre rencontre. « La fille qui disparaît quand on l'embrasse » ramassait le cœur en miettes d'un inventeur dépressif et sous-doué du deuil amoureux. Elle le recollait, bout par bout, avec une patience passionnée. C'est exactement ce qui est arrivé. Jusqu'au séisme incompréhensible qui me secoue aujourd'hui.

Rosy est perchée sur le lit au bord du vide. Avec ses habits d'un autre monde, auquel j'appartenais encore quelques heures plus tôt. Les couleurs, le vent, les voitures et les arbres sont coincés de l'autre côté de la fenêtre. Je ne peux plus rien toucher, voir, entendre. Je me blottis dans le nid de mes propres bras, entouré par ceux de mon amoureuse.

Un bataillon d'infirmières entrent alors armées de deux plateaux. Sur le premier, deux bouteilles de liquide désinfectant et une seringue en métal chromé de la taille d'un stylo. Sur le second, un assortiment de petits instruments de torture et un tas de compresses. Tout le monde porte un masque. Une infirmière demande à Rosy de sortir. Une autre me retire le patch du sternum. « C'est collé trop haut… ça sert à rien », dit-elle. On me passe et repasse un produit froid sur la poitrine. On dirait qu'elles fabriquent une cible. Ça stérilise des aiguilles dans tous les sens. Je n'ose pas demander ce qu'elles sont en train de préparer tant je crains la réponse. Une hématologue à voix douce me glisse qu'elle va devoir faire un « geste un peu désagréable appelé myélogramme ». Elle va prélever dans le sternum un peu de ma moelle osseuse pour l'analyser et comprendre pourquoi je ne produis plus de globules.

— Allongez les bras le long du corps, respirez profondément, essayez de vous détendre et ne bougez pas.

C'est le moment de ne surtout pas regarder le harpon métallique qui s'amène. Épais. Long. Biseauté façon jeu de cartes truqué.

Deux mains tièdes enveloppent les miennes de chaque côté du lit. L'hématologue à voix douce s'approche. Son corps au-dessus du mien, arme au poing. « Attention, je pique… »

C'est peu de le dire ! Je transperce eût été plus juste ! Elle plante le truc dans le sternum des deux mains en utilisant tout son poids pour traverser la peau jusqu'au plus profond de l'os. Impression de se faire poignarder avec une banderille. Je m'efforce de maintenir une respiration normale et de ne pas trop regarder ce qui se passe.

« Attention, j'aspire… » Mes côtes semblent se décoller, on dirait qu'elle m'arrache la cage thoracique. Ça fait un mal de chien, on en aboierait ! Mon souffle est coupé, mon cœur bondit. Le harpon se retire enfin.

— Vous pouvez souffler, c'est fini !

Je ne peux pas souffler car pour l'instant je suis une putain de truite et je ne sais plus respirer.

— Pouvez-vous évaluer votre douleur entre 0 et 10 ?

— 7-8…

Je ne dis pas 10 pour garder la face. J'ai encore les mains dans celles des infirmières, je ne les lâche pas. L'hématologue à voix douce manipule la carotte d'os qu'elle m'a extirpée et la découpe en lamelles pour que les biologistes puissent l'analyser. On dirait qu'elle prépare des radis.

— Monsieur Malzieu, je suis désolée… mais il va falloir repiquer votre moelle.

Les infirmières me regardent avec un air contrit.

— Comme tout à l'heure ? Pareil ?

— Oui, il y a trop de sang dans le prélèvement osseux… J'ai peur qu'on ne puisse pas l'analyser correctement.

Du sang, j'en ai plein la poitrine. Ça continue de couler sous le pansement. Elles ont beau éponger, comprimer, ça ne veut pas s'arrêter. Sensation d'assister à mon autopsie. L'hématologue prépare sa deuxième banderille. Je suis kidnappé par des barbares déguisés en femmes à voix douce ! Mes nerfs s'effilochent, mon corps se raidit des pieds à la tête. Les mains qui me protégeaient reviennent autour des miennes.

« Essayez de penser à un endroit qui vous plaît, une plage, le soleil… » me suggère une infirmière. J'ai plutôt tendance à penser que je suis un méchoui. L'hématologue s'avance à nouveau au-dessus de mon thorax. Son ombre grimpe sur mon visage, je ferme les yeux de toutes mes forces.

Deuxième coup de harpon. Muscles tendus comme des élastiques. Nouvelle réincarnation en truite. Souffle court et marteau-pique-cœur.

— C'est un geste un peu sauvage, je suis désolée, mais c'est le seul moyen que l'on ait pour explorer la moelle osseuse… Vous voulez un petit anxiolytique, quelque chose pour vous apaiser ?

— Je préférerais un whisky-Coca !

— Ah, désolée, on ne fait pas ça ici, répond gentiment l'hématologue à voix d'enfant avant que le bataillon ne s'éloigne à nouveau.

Le sang tarde à sécher sous le pansement. Rosy est revenue poser ses fesses d'oiseau au bord du lit. La lumière de ses grands yeux agit comme un baume étrange. « Essaie de dormir », me glisse-t-elle. Je me relâche légèrement en effleurant son avant-bras. On s'embrasse un peu et c'est comme l'intérieur d'une meringue. Je m'accroche à cette accalmie en tentant de penser le moins possible.

Quelques heures plus tard, l'hématologue entre à nouveau dans la chambre. Je vérifie tout de suite, elle n'a pas son plateau chromé.

— Comment vous sentez-vous, monsieur Malzieu ?

Elle prend des précautions de ton. Ça ne me dit rien qui vaille…

— Nous avons un premier résultat… Il n'y a pas de blastes, donc vous n'avez pas de leucémie aiguë.

— Une leucémie… aiguë ?

— Oui. J'ai préféré ne pas vous en parler tout à l'heure, mais c'est ce que vos analyses de sang nous faisaient craindre.

Leucémie aiguë ! À l'énoncé de ces deux mots, une pluie de cercueils me tombe sur la tête.

— Il nous faut pratiquer d'autres examens pour préciser le diagnostic et décider d'un traitement. On en saura plus mardi…

— Mais c'est moins grave qu'une leucémie aiguë ?

— Je ne peux pas vous répondre pour l'instant, je n'ai pas assez d'éléments. Dans le meilleur des cas, c'est un problème vitaminique, cela dit, avec des taux de globules si bas, c'est peu probable. Au pire, vous aurez à subir une greffe de moelle.

— Une greffe de moelle ! Qu'est-ce que c'est ?

— Cela consiste à remplacer votre moelle malade par celle d'un donneur en bonne santé. C'est un traitement lourd… Mais rassurez-vous, nous n'en sommes pas là du tout.

L'hématologue à voix douce marche sur des œufs et leurs coquilles se craquellent un peu plus chaque seconde.

— Vous êtes sûr que vous ne voulez pas un anxiolytique pour vous détendre un peu ?

— Non, merci…

— Tenez bon, monsieur Malzieu, je vous revois mardi.

Déclaration d'auto-guerre

12 novembre 2013

Petit à petit, les analyses livrent leur verdict : « Aplasie médullaire », autrement dit arrêt du fonctionnement de la moelle osseuse. Une maladie du sang aussi grave que rare. C'est « idiopathique », comme ils disent, on n'en connaît pas la cause. J'imagine que mes excès de nuggets-crêpes et autres Coca avec un peu de whisky dedans ont quelque chose à voir avec tout ça mais apparemment pas. Le rock'n'roll ? La mélancolie ? Le chagrin d'amour ? La joie enragée ? Le sommeil bâclé ? Le deuil raté ? Le Nutella ? Non plus. C'est une loterie, un accident biologique. Ça peut arriver à tout le monde et ça n'arrive à presque personne. Une centaine de cas seulement en France. Pour la plupart des enfants ou des personnes âgées. Je suis un collector.

C'est impressionnant de voir ces gens qu'on connaît à peine vous distiller de si mauvaises nouvelles en chuchotant. L'ultra-humain en réponse à la froideur carcérale d'une chambre d'hôpital. La taule. La tuile. Un toit tout entier qui vous dégringole sur le coin de la gueule.

— Ce n'est pas un cancer, toutefois les symptômes sont identiques à ceux d'une leucémie… Les traitements seront assez proches, et nous allons devoir envisager la greffe de moelle osseuse, m'explique délicatement l'hématologue.

Je suis pétrifié, Rosy bouge encore les cils.

— Je m'explique : vous n'avez pas de cellules malignes, ce sont vos propres anticorps qui se retournent contre vous et attaquent vos cellules… Ils se comportent avec votre moelle osseuse comme avec un virus, on ne sait pas vraiment pourquoi.

En un instant me voilà devenu mon pire ennemi. Le vampire qui suce mes globules n'est autre que moi-même.

— Les anticorps fonctionnent à la façon d'une armée programmée pour vous défendre, mais quelque chose a fait croire à cette armée qu'elle lutte contre un corps étranger alors qu'elle s'en prend à vos globules. C'est ce qu'on appelle une maladie auto-immune.

Un bug… Je me suis fait hacker le système immunitaire, du coup je m'autodétruis. Je suis mon propre cancer.

Cette étrange pâleur de roux qui s'exagérait, ces lèvres aux stries bleutées des promenades sous la neige même en plein soleil, cette sensation d'avoir une noisette à la place des poumons pour respirer, celle d'être tout le temps le seul à avoir froid, c'était donc ça…

Mais pas le temps d'absorber le choc. Il faut que je prévienne ma famille. L'idée de téléphoner à mon père et à ma sœur me terrifie. Je ne sais pas comment je vais leur expliquer ce diagnostic surréaliste et pourtant bien réel.

Ils m'ont pris des tubes et des tubes de sang, m'ont planté des harpons dans le dos pour ce qu'ils appellent une « biopsie de moelle », et finalement j'ai pu rentrer chez moi. À condition de revenir au moins une fois par semaine me faire transfuser. Désormais, j'aurai besoin du sang des autres pour vivre. C'est officiel, je suis devenu un vampire.

Pour revenir dans le monde des vivants, il me faudra une greffe de moelle. Un traitement lourd, peut-être impossible à soulever. Sur Internet, ils disent qu'on peut mourir.

Attaque extraterrestre

14 novembre 2013

Je pose et me pose beaucoup de questions. Je n'en comprends pas toujours les réponses. La moelle osseuse n'étant pas un organe palpable, on ne se la représente pas. Une transplantation de cœur ou de rein, ça fait peur, mais on sait ce que c'est. Dans mon cas, c'est une peur floue. Un danger nébuleux comme une attaque extraterrestre.

On confond généralement la moelle osseuse, qui produit les cellules sanguines, et la moelle épinière, qui transmet les messages nerveux entre le cerveau et le reste du corps. Moi-même, avant le diagnostic, je ne savais pas clairement à quoi servait la moelle osseuse. Pourtant c'est aussi vital que le cœur.

Désormais, mon corps est un terrain miné. Pour éviter d'exploser sur une bombe en attendant la greffe, je dois comme Jack de *La Mécanique du cœur* respecter trois lois :

— Ne pas produire d'effort physique violent (à cause du manque d'oxygène dans le sang).

— Éviter les lieux publics, les bisous et autres contacts physiques avec à peu près tout le monde (à cause des défenses immunitaires affaiblies).

— Et surtout ne jamais, au grand jamais, me cogner (pour éviter tout risque d'hémorragie).

Autant dire l'enfer pour qui aime se rouler par terre et se jeter dans la foule. Au revoir les concerts, les miens comme ceux des autres, les copains, les whisky-bars, le cinéma, le vélo, le galop en skateboard, le Midi en famille, les voyages, l'improvisation, la liberté… Même me laver les dents avec une brosse est devenu trop dangereux. Désormais ce sera gel antibactérien, bains de bouche et isolement. Quant à cette idée de devenir père… il faudrait d'abord parvenir à se sauver.

Le vampire de la rue de Bretagne

15 novembre 2013

C'est étrange de se promener dans son quartier avec ses habits de quand tout allait bien. De parler football et poésie avec le marchand de journaux comme si de rien n'était. C'est plus compliqué avec les pharmaciennes qui blêmissent lorsqu'elles lisent mes ordonnances : « Prescriptions relatives au traitement de l'affection de longue durée reconnue. »

Personne ne sait que je suis un vampire. Pas de transformation en chauve-souris pour l'instant. J'apparais toujours dans les miroirs. Avec une gueule de fantôme à bonnet de laine, mais je suis toujours là. La vue d'un crucifix ne me fait pas partir en courant – peut-être parce que je suis très vite essoufflé. Je ne fais pas de trucs bizarres en accéléré comme dans certains films.

Pourtant je suis un vrai vampire : je dois me procurer du sang pour rester en vie. Et j'ai une dégaine de flocon de neige.

Puisque je suis prisonnier de mon propre corps, je dois plus que jamais apprendre à m'évader par la pensée. Organiser ma résistance en mobilisant les ressources de l'imagination. Je vais travailler dur au rêve de m'en sortir. Il me faudra une volonté en fer forgé. Un truc de marathonien. Foulée après foulée. Rythme et constance. Trouver l'équilibre entre la rigueur d'un moine et la fantaisie créative. Apprendre à faire le con poétiquement dans le cadre austère du couvre-feu que je dois respecter. Doser l'espoir au jour le jour. Transformer l'obscurité en ciel étoilé. Décrocher la lune tous les matins et aller la remettre en place avant la tombée de la nuit.

Un vrai boulot de néo-vampire.

Jardinage de science-fiction

17 novembre 2013

Une transplantation de moelle osseuse ressemble un peu à du jardinage de science-fiction. D'abord, trouver un donneur compatible, autrement dit une personne dont le code génétique dit « HLA* » est identique au sien. Il y a une chance sur quatre que ma sœur possède ces fameuses graines qui pourraient faire repousser mes cellules. Sinon restera la loterie biologique du fichier mondial de donneurs. Mais là les chances passent à une sur un million.

Admettons qu'on trouve. Avant de me greffer, il faudra déraciner la moelle malade. Faire place neuve pour accueillir le nouveau greffon.

* HLA : *Human Leucocyte Antigens*. Carte d'identité immunologique propre à chacun.

D'où une chimiothérapie et une radiothérapie. Alors seulement, mon corps sera prêt à recevoir les fameuses cellules souches dites hématopoïétiques. Ces haricots magiques iront se loger au fond de mes os en traversant les veines. Et si tout se passe bien (sans rejet, sans complication), quelques mois plus tard, je deviendrai un être chimérique. Mi-moi, mi-quelqu'un d'autre. Une renaissance, mais avec l'aide d'un nouveau parent biologique. Je pourrais même changer de groupe sanguin.

Le processus de prise de greffe sera long. Pour que les graines de cellules poussent, je devrai rester sous serre, en chambre stérile. Et attendre patiemment le printemps des globules avec l'espoir hémato-poétique de bourgeonner à nouveau.

Ce n'est pas une horloge à coucou à la place d'un cœur gelé qu'on va me greffer, mais comme dans *La Mécanique du cœur*, il sera question de vie et de mort. Cette fois la réalité dépasse la (science-)fiction.

Dame Oclès

25 novembre 2013

Ma grande petite sœur va faire une prise de sang pour moi. Elle a une moelle à m'offrir et cet élan me brise le cœur. Pas envie de la savoir entre les pinces coupantes des crabes en blouse blanche elle aussi. Je sais qu'ils vont s'y prendre gentiment, mais je ne supporte pas l'idée qu'on puisse lui faire mal.

Papa a téléphoné, il est plus triste qu'une enclume. Il parle au ralenti, tel un disque vinyle passé à la mauvaise vitesse. Mais sa voix reste chaleureuse et réconfortante. Une vraie voix de papa. La nuit tombe et le vampire en pyjama reprend ses droits. Rosy s'est endormie toute maquillée et avec une seule chaussette. Prendre le temps de la regarder gigoter dans son sommeil m'aide à oublier la réalité quelques instants.

Puis je m'installe dans mon siège fétiche. Mon refuge-cabane-église de création. De là j'ai une vue imprenable sur le royaume invisible, le seul endroit où je peux vivre sans restriction. Là, je peux m'inventer des histoires vraies, apprendre à faire du skateboard aux enfants que j'aimerais avoir. Ou manger des gâteaux en silence, me tromper de bouteille dans le noir et me faire un bain de bouche au porto. Je me blottis dans l'écrin de la nuit. Et finis par prendre un somnifère pour dormir avant que le jour se lève – c'est très mauvais pour la santé d'un vampire de rester éveillé en pleine lumière. Je glisse mes pieds glacés contre le corps-bouillotte de Rosy et trouve enfin le sommeil.

Au milieu d'un rêve, mon nez se met à saigner. Je suis réveillé par le goût de sang dans ma bouche. L'oreiller blanc est taché. Par la fenêtre les étoiles se décolorent. Il fait presque jour. J'ai toutes les difficultés du monde à m'extraire du lit, mon corps est collé au matelas. Je me lève comme un haltérophile aux mains vides pour aller chercher de quoi me soigner. Les compresses rougissent, rougissent, ça ne veut pas s'arrêter. Assommé par l'anémie et les médicaments, je voudrais retourner dans mon rêve. J'ai le tournis et en plus, je me gèle.

Un bruit me fait sursauter. Je lève la tête et fixe brièvement mon reflet dans le miroir. Je ne parviens toujours pas à stopper l'hémorragie. Plus de compresses. Ni de Coalgan, ce coton qui permet d'arrêter efficacement les saignements.

Nouveau crissement dans mon dos. Cette fois je me retourne. Une ombre bouge. Rosy ? Je jette un coup d'œil au lit, elle est blottie dans la couette. Du bruit, encore, dans la salle de bain cette fois. Métallique, comme si quelqu'un venait de casser quelque chose. J'ouvre la porte en évitant de la faire grincer et me glisse à l'intérieur de la pièce. Le bruit augmente. Je sens comme un souffle sur mon épaule. Glacé. J'ouvre le robinet pour me passer le visage sous l'eau.

— Alors ça, un vampire en pyjama ! dit une voix sensuelle.

Je me retourne. Une silhouette féminine ondule dans ma baignoire. Elle se lime les ongles avec une épée. Sa crinière rougeoyante cascade sur ses épaules translucides. Ses cils sont si longs qu'ils semblent faux. Un trait d'eye-liner piège mon regard.

— Je ne vous imaginais pas si petit…

Sa voix ressemble à celle qui annonce les horaires des trains sur les quais de gare.

— Il va falloir que je vise bien pour vous couper la tête !

Elle fait glisser le plat de son épée contre ma joue.

— Mais qui êtes-vous et…

— Je suis Dame Oclès, me coupe-t-elle.

— Dame qui ?

— Oclès ! Dame Oclès enfin ! Mon épée est assez réputée, déclare-t-elle en tapotant fièrement le métal de sa lame.

— Dame Oclès… Connais pas.

— Comment ça « connais pas » ?

— Ah non, non, connais pas !

— Eh bien vous allez apprendre à me connaître, car désormais j'irai partout où vous irez, dit-elle en levant son épée au-dessus de ma tête.

Ses lèvres sont plus rouges que l'hémoglobine, on dirait qu'elle vient de boire du sang mais avec l'application de celle qui se maquille. Elle fume une cigarette fine genre Vogue et se sert de mon lavabo comme cendrier. Telle la proue d'un galion élégant, sa poitrine porte haut le noir étendard de son décolleté. On s'y crèverait allègrement les yeux.

— Bon, ben si vous voulez rester dans la salle de bain, d'accord, mais moi, je vais me recoucher.

— Tôt ou tard, tu devras m'affronter. Tu n'échapperas pas à notre face-à-face, dit-elle en promenant la lame glacée sur ma nuque.

La peur me donne-t-elle des hallucinations ? Ou est-ce le manque d'oxygène dans le sang ? Perturbé par cette vision, je retourne me coucher avec un goût de métal dans la bouche.

Le lendemain matin, je me rappelle mon rêve avec la précision d'un souvenir. Mon oreiller est bien taché de sang. Par contre, Dame Oclès n'est plus dans la baignoire, je peux prendre ma douche presque tranquillement. Le pommeau pèse de plus en plus lourd, rien que le tenir au-dessus de ma tête m'épuise. La nuit dernière m'obsède. Je sens la présence de Dame Oclès dans l'ascenseur, sur la banquette arrière du taxi… Partout.

Mais j'essaie d'aller de l'avant. Aujourd'hui j'ai rendez-vous dans une salle de cinéma pour voir une projection du film. J'ai attendu six ans de vivre ce moment. Nous nous sommes battus comme de beaux diables et sommes fiers de donner à voir notre *Jack et la mécanique du cœur*. Et pourtant. Je me sens comme un spectateur bizarre qui regarderait un film tourné à l'intérieur de son cœur.

L'équipe marche sur des œufs invisibles parce que j'ai ce problème de vampire. C'est beau et embarrassant à la fois. J'ai pris ma productrice dans les bras pendant environ six secondes. S'y sont mélangées six années de travail, de péripéties magiques et de drames, sans qu'on se dise un mot. Un résumé à bras-le-cœur. Puis un taxi timide du moteur s'est avancé sous la pluie, et je suis reparti comme j'étais venu.

Je sens que je vais me faire cambrioler une grande partie de la joie liée à la sortie du film. Je vais devoir apprendre à faire avec ce qui reste de ce butin magique. Mais alors que j'accepte à peine cette réalité, une course dans la course se met en place : vais-je pouvoir défendre le film jusqu'au bout ? Je risque en effet d'avoir à entrer en chambre stérile avant sa sortie…

Un compte à rebours s'enclenche. Il faut tenir, d'une manière ou d'une autre, jusqu'au 5 février. Mon cœur bat dans ce film. Mon sang coule dans chacun de ses plans. Laisser filer ce rêve auquel j'ai travaillé tout ce temps représenterait un coup terrible pour ce mental que je mets un point d'honneur à maintenir au-dessus du niveau de l'amer quoi qu'il arrive.

Le cœur dit oui, la raison dit oui, le corps hausse les épaules. Car pour l'instant nous n'avons pas de donneur.

Le vampire de l'amour

28 novembre 2013

La maladie aimante l'amour en même temps qu'elle transforme le cœur en passoire. Mon cœur est percé de naissance. Mais depuis que le diagnostic est tombé, c'est pire encore. À croire que je deviens également un vampire de l'amour. Rosy est ma proie consentante. Je la dévore en essayant de ne pas trop la faire déguster. Je ne lui parle pas de cette Dame Oclès pour ne pas trop l'inquiéter, mais je sais très bien qu'elle la hante elle aussi à sa manière.

Pendant ce temps, l'hécatombe se confirme. Le manque sévère de globules rouges appelé « anémie » coupe le robinet à oxygène partout dans mon corps. Mes muscles sont fatigués avant même de travailler. M'habiller me donne l'impression d'être un vieil haltérophile. Les plaquettes continuent de fondre également, mon sang ne coagule quasiment plus. Mon nez fait des éruptions volcaniques aux moments les plus incongrus. Comme si l'Homme invisible me balançait une droite de temps en temps. Quant à mes globules blancs, ils deviennent transparents. Du coup je suis la proie idéale des virus, sans défenses immunitaires pour m'en débarrasser…

Il va me falloir du sang. De plus en plus de sang et de plus en plus fréquemment. Comme ce n'est pas trop mon style de mordre, je vais très souvent à l'hôpital.

Auto-superhéros

2 décembre 2013

Un journaliste et son équipe viennent m'interviewer chez moi pour le film. Lorsque l'un d'eux éternue, je bloque ma respiration. Cela ne me protège en rien, mais c'est un réflexe.

En quelques minutes, ils ont transformé mon appartement en mini-studio de télévision. Je suis installé sur le canapé, comme lorsque l'infirmier vient me faire la prise de sang. Ils m'ont branché un micro-cravate, et le prélèvement de mots s'effectue en douceur, de façon très conviviale. C'est agréable de jouer à être l'autre moi-même. Celui que j'étais encore le mois dernier. Ils me facilitent le travail car pour eux je suis un réalisateur, pas un malade.

L'interview se termine, l'équipe remballe ses jouets. Je suis vidé comme après un examen médical, mais ça m'a fait du bien de parler de la greffe d'une horloge à coucou plutôt que d'une greffe de moelle, de globules et d'hôpital.

Puis Joann Sfar est passé me voir avec des crêpes et du Nutella. Il m'a posé des questions très précises et a écouté tout aussi précisément mes réponses. C'est reposant de ne pas avoir à tout réexpliquer. Les petites attentions me réchauffent le cœur mais ce qui m'aide le plus en ce moment, ce sont les gens attentifs.

Entre deux crêpes et un Coca, sa conclusion est la suivante : « Tu n'as pas d'autre choix que de te transformer en auto-superhéros. Au final ce sera une bonne histoire, même si tu vas en baver un peu. »

Je me raccroche à ça.

Déguisé en moi

8 décembre 2013

« Je n'ai jamais été aussi triste et heureux en même temps », dit mon personnage dans le film. C'est un bon résumé du fil de ma vie ces jours-ci. Un dimanche à regarder son propre film sur le grand écran d'une vraie belle salle du Forum des images remplie d'amis, et un lundi à l'hôpital. Jour-nuit. Contrastes et métamorphoses.

Aujourd'hui j'ai à nouveau fait semblant de ne pas être malade, et j'ai adoré. Le moindre bisou est plus dangereux pour moi qu'une promenade en jungle équatoriale, mais j'ai aimé l'échappée belle. La tablée de copains et les frites à la nuit tombante. Les mots qui réchauffent et les cocktails de fruits. J'aurais bien pris un petit whisky. Quel luxe mélancolique étrange de fêter la sortie du film avec des gens qui ne sont pas au courant de mon problème de santé. Je suis un fantôme déguisé en moi-même. Et pour l'instant ça ne se voit pas trop.

Mais minuit sonne déjà et le vampire que je suis doit retourner dans son pyjama. Demain, c'est biopsie de peau et transfusions. Et débrouille-toi pour ne pas t'écrouler. Je tente de garder un stock de joie au creux de ma nuit. J'en aurai besoin pour franchir le glacier médical demain matin.

Mort-moelle-nœud

9 décembre 2013

On reconnaît le chemin qui mène à l'hôpital aux joyeux commerces semés autour par le Petit Poucet de la mort. Quand j'étais petit, je croyais que les magasins de pompes funèbres vendaient des chaussures pour les morts. Des modèles vernis, neufs pour toujours, qui auraient le droit de faire mal aux pieds.

L'entrée de l'hôpital est située juste après la troisième échoppe. On dirait un grand lycée triste dont tous les élèves auraient été punis. Il y a une chapelle pour que les gens pleurent tranquille et une boutique Relay où on peut acheter des bonbons et *L'Équipe*. Regarder les résultats de foot, prier un coup et grignoter un Mars.

Je vais me faire changer les plaquettes. M'en faire poser de nouvelles, disons. J'ai plus de sang-frein. Liquidation quasi totale des particules coagulantes. Si je caresse un hérisson du bout des doigts, j'aurai un bleu sur l'avant-bras.

Mais le centre de gravité s'est apparemment déplacé, aujourd'hui. La biopsie de moelle a révélé un léger mieux. Quelques miettes de peut-être. Il y aurait possibilité de relancer la machine avec un traitement moins lourd que la greffe. Le principe : ratiboiser les anticorps qui attaquent la moelle osseuse avec un sérum antilymphocytaire, un équivalent de la chimiothérapie à base de cheval ou de lapin. Une fois mes anticorps hors d'état de nuire, les cellules de ma moelle pourraient repousser. Ensuite, il faudra garder mes anticorps en sourdine quelques mois, un médicament dit « immunosuppresseur » s'en chargera : la ciclosporine. En espérant que pendant leur sommeil forcé les anticorps oublient de confondre mes cellules avec un virus et cessent de m'autodétruire. *Reboot*. On éteint et on espère que ça se rallume. Comme un ordinateur qui bugge, en misant sur le fait que le redémarrage résoudra le problème.

L'inconvénient de ce traitement est que l'ensemble de mon système immunitaire va être une nouvelle fois affaibli. Je serai plus vulnérable encore face aux infections, d'où la chambre stérile. Et le film qui sort dans moins de deux mois… On me demande de confirmer le planning des interviews alors que je ne sais même pas jusqu'à quand je pourrai repousser mon hospitalisation. Les attachées de presse au téléphone, les médecins, puis les attachées de presse… Il faut que je tienne !

Il existe une chance sur deux pour que le traitement immunosuppresseur suffise à me guérir. Une chance donc, un grand peut-être tendu sur l'étau qui se referme. Car au cas où ça tourne à la greffe obligatoire, on n'a toujours pas de donneur. La recherche a été étendue au fichier mondial, mais pour l'instant on ne trouve pas d'équivalent à mon code génétique de métis lorrain-espagnol-oranais de Montpellier. Ma sœur n'est pas compatible non plus. Je l'ai sentie triste au téléphone. Elle m'a répété trois fois qu'elle était « sûre de l'être », compatible. Elle le voulait tellement qu'elle s'en était convaincue.

Pendant ce temps, les globules rouges continuent de déserter mon sang comme des supporters de foot le stade après une défaite de leur équipe. Tête basse et mauvaise foi mélancolique quant à l'arbitrage de rigueur ! Mes analyses baissent comme la température en ces jours les plus courts de l'année – peut-être les plus longs de ma vie. Le rythme des transfusions, lui, s'accélère.

Aujourd'hui, je suis aussi fatigué que mes résultats sont bas. Mon bras est couvert de petites taches rouges. Des pétéchies, sortes de micro-hémorragies provoquées par le manque de plaquettes. Prononcer le mot « renoncement » laisse un mauvais goût sur la langue.

J'ai peur d'aller dans la salle de bain et d'y trouver Dame Oclès. Je remercie la nuit de faire pousser un corps de fée aux bras tendres comme des croissants chauds dans mon lit. Vivre avec Rosy, c'est un peu avoir le droit d'adopter un animal magique. J'ai l'impression d'être les sept nains à la fois et de voir Blanche-Neige transformer la poussière en étincelles. Nuit et jour elle combat à mes côtés. Écoute. Donne de l'élan. Encourage. Ne baisse jamais la garde. Protège le royaume de mes songes, protège la flamme qui m'anime.

La nuit se dépigmente. Je vais essayer de rêver à une moelle mécanique greffée par une magicienne. Il suffirait de la remonter tous les matins pour qu'elle produise de nouvelles cellules. Je donnerais la clé à Rosy.

Gravity

15 décembre 2013

Le carambolage émotionnel continue. Ambiance montagnes russes sans barrières de sécurité, qui plus est dans un wagonnet pourri : j'apprends que je vais devoir passer les fêtes à l'hôpital. Mes globules blancs fondent comme des flocons dans un feu, le risque d'infection se précise de jour en jour. Les médecins veulent me protéger en accélérant mon entrée en chambre stérile. J'y recevrai le fameux remède antilymphocytaire de cheval et la ciclosporine. Si tout va bien, je sortirai trois semaines après. La probabilité de ne pas pouvoir défendre le film augmente, puisqu'il sort le 5 février et que le plus important du travail de promotion va démarrer autour du 15 janvier. Je dois expliquer ça à tous mes interlocuteurs, qui pour certains ne comprennent ni la gravité de la situation ni ce que ce film représente pour moi. Je décide de reprendre momentanément le contrôle de mon destin : je veux passer Noël en famille. J'entrerai en chambre stérile après.

Professionnellement parlant, je commence à effrayer les gens. Dans ce contexte, c'est presque rassurant de retourner à l'hôpital, de se laisser couler entre les bras piquants des infirmières. Se blottir dans leur empathie. Dans leurs yeux qui ne laissent rien paraître pour que je puisse me voir en meilleure santé à travers eux. On agite des mobiles et des musiques douces au-dessus de ma tête comme si j'étais un bébé. Pour essayer de m'apaiser. Et ça marche un peu. Il faudrait se laisser glisser entre les mains du flou. Attendre demain et ce week-end serein qui s'amène. Si tout va bien, je n'aurai rien de médical d'ici lundi. Une éternité pour un vampire en pyjama.

Je découvre également comment la maladie peut faire le tri au milieu de ceux qu'on croit être ses amis. Avoir un grave problème de santé ressemble de très près au succès : cela modifie les comportements. Le bain révélateur de la maladie dévoile certaines personnes sous un visage étonnant. Les bienveillants, les maladroits, les courageux, les solides… Les sordides aussi. Ceux qui quittent le navire au moment le plus critique de la tempête alors qu'ils y sont nourris, logés depuis des années. Ceux qui arrêtent de travailler avec vous et demandent que vous les rappeliez « quand ça ira mieux ». Ceux qui attendent de voir si je m'en sors ou pas pour remonter à bord. Ceux qui abandonnent, qui trahissent. Ils ne s'en rendent peut-être pas tous compte, mais ils me poussent dans les bras de Dame Oclès.

Il y a aussi ceux qui encouragent coûte que coûte, qui « y croient ». Ceux qui écoutent, ceux qui proposent, ceux qui ne me considèrent pas comme un vampire. Ceux qui savent très bien que j'en suis un, mais qui ne se laissent pas aller à discriminer. Ceux qui encouragent l'élan créatif. L'élan tout court.

Je suis officiellement un vampire depuis un mois, mais sans doute malade depuis beaucoup plus longtemps. Je saignais déjà quand je me jetais dans la foule lors des derniers concerts, l'année passée. Après avoir monté des escaliers, j'avais mal aux mollets comme si j'escaladais le col du Tourmalet*. Je collectionnais les hématomes.

---

* Col pyrénéen réputé pour ses pentes particulièrement abruptes, ce qui en fait une ascension mythique du Tour de France.

Aujourd'hui j'ai fait un tour de skate comme un vieil enfant. Tout doucement, gants chaussés et bonnet enfoncé jusqu'aux oreilles. On aurait dit un chien tenu en laisse : ne pas trop s'éloigner, ne pas tirer trop fort. Un gravillon coincé sous une roue et je me transforme en arrosage automatique d'hémoglobine. J'y pense assez pour ne pas accélérer. Pas trop pour ne pas me paralyser.

Je suis comme un ours qui se réveille d'hibernation, tous mes sens sont à la fois engourdis et ultrasensibles. J'ai peur du froid et des gens qui toussent mais j'entends les couleurs du soleil qui se couche vrombir sous la brume. Je voudrais tout prendre en photo, et emmagasiner de l'air pur en souvenir.

Manon ou Pierre

21 décembre 2013

Pour tenir compagnie à mes insomnies j'ai adopté un hérisson. J'en aurais voulu un vrai, mais à cause des puces, il est en plastique. Je le pose sur mon épaule et on se promène dans mon trente-cinq mètres carrés. On regarde les voitures par la fenêtre. Cet animal a l'art de se protéger, du coup il me protège aussi. Je vais mieux depuis qu'il est là. Pourtant c'est pas un hérisson terrible terrible non plus, mais bon…

Dans les heures tardives de la nuit, quand je parviens à m'apaiser, je m'imagine un printemps où je pourrai skater en pull avec une moelle toute neuve. La légèreté. Ah, l'importance de la connerie douce !

Rosy n'est pas dans le déni de la maladie, ses pulsions d'espoir n'en sont que plus salvatrices. Son corps ressemble à s'y méprendre à un nichonnier, cet arbre fruitier qui ne produit que deux fruits par vie. On raconte que lorsqu'on s'endort entre ses branches, on se réveille amoureux. Histoire vraie... À l'hôpital, quand il faudra qu'elle s'en aille dans la nuit, je dévisserai sa poitrine. Je la poserai sur ma table de chevet, et quand je me sentirai trop angoissé, je la presserai comme deux oranges. Je la cacherai dans le petit meuble à côté du lit et le matin elle pourra venir la récupérer pour aller au travail.

On arrive encore à rigoler au nez et à la barbe de Dame Oclès. On joue au ping-pong sur la table du salon. Notre complicité émerge toujours. Nous résistons avec les armes du tendre. Nous nous entraidons à la façon d'une mini-famille. Peut-être parce que Noël arrive, que je suis malade ou qu'on se sent bien de rester collés l'un à l'autre un très long moment, on a parlé enfant. Ce grand peut-être de mon après-guerre. Si je la gagne.

Rosy a peur de l'accouchement. Elle est douillette. Courageuse, mais incroyablement douillette. Elle pleure quand elle avale un Spasfon. Alors, on a décidé de faire un très prématuré. Il naîtra à six semaines, comme un tout petit lapin. Pas plus gros qu'un kiwi. J'inventerai une sorte d'aquarium-couveuse qu'on posera sur une étagère entre la machine à pop-corn et le tourne-disque. Manon ou Pierre grandira sous nos yeux, en transparence. Les amis qui nous visiteront diront : « Oh comme c'est joli cette tortue... Vous avez une imprimante 3D ? Qu'est-ce que c'est ? Un fruit exotique ? » Et on sera tout fiers d'annoncer : « C'est Manon ou Pierre. Si vous voulez fumer, pas dans cette pièce s'il vous plaît. »

Scary Christmas

23 décembre 2013

J'ai moins de 7 grammes d'hémoglobine dans le sang. Ce matin en sortant de la douche, je me suis senti tellement fatigué que j'ai eu l'impression de m'effacer en me séchant.

Rosy et moi nous offrons tout de même un vrai Noël d'amoureux. Ce qui revient en quelque sorte à danser un slow sur la Lune alors que les bouteilles d'oxygène sont vides, le vaisseau cassé et qu'on ne sait pas comment rentrer. Mais pour le coup ça m'en a redonné, de l'oxygène !

Nous finissons à peine la course aux cadeaux. Je remplis un sac de sport gros comme la hotte d'un Père Noël sportif. Cet après-midi, je vais prendre le train pour passer Noël en famille. Je devrai mettre un masque de protection pendant le voyage, mais c'est un maigre prix pour retourner dans la maison de mon enfance. D'ici là, je dois aller à l'hôpital pour une prise de sang. Je me présente à l'accueil de la polyclinique, où des guirlandes essaient de décorer le parloir. Une dame avec un trou dans le cerveau et un sphincter à la place du cœur lance les hostilités de ce Scary Christmas. J'ai beau avoir l'ordonnance sur mon téléphone par mail, c'est Noël, mais il lui faut « le papier ». Il y a mon nom, le nom du médecin qui travaille à l'étage au-dessus, mais elle veut « le papier ». Même pas pour l'archiver ou quoi, non, juste parce que normalement elle doit voir « le papier ».

L'hématologue à voix douce me reçoit enfin. Elle m'explique que je n'irai pas dans la bulle glacée ce jeudi comme prévu. Que d'ailleurs je n'irai peut-être pas du tout. Parce que j'ai un gène qui gêne. C'est peut-être lui qui fout tout ce bordel triste. Il s'agirait d'une maladie génétique rare. Une pathologie que le traitement par sérum antilymphocytaire et ciclosporine ne peut pas soigner. Cette anémie machinchose pourrait m'attaquer ailleurs, favoriser l'apparition de cancers et, surtout, concerner d'autres membres de ma famille. Quant au rêve de faire des enfants, il est en train de faner tranquillement. Il faut vérifier ce résultat avec une biopsie de peau à coups de harpon, mais dans la cuisse cette fois. Si ce diagnostic se confirme, retour à la case départ :

greffe de moelle, si donneur. Dépendre à nouveau d'un organe vital dont on ne dispose pas.

Je rentre chez moi à pied. J'ai besoin de marcher. Le froid sec qui me mord le bout des oreilles me donne l'impression d'être vivant. J'atteins le troisième étage de mon immeuble complètement sonné. Je m'assois et mange les décorations en chocolat du mini-sapin. Toutes. Je mets un disque d'Elvis sur la platine. Dame Oclès se prélasse sur mon lit. Je suis à sa merci. Je me fais pitié.

C'est Noël quand même. Mes dents ont saigné après les cadeaux ce soir. Comme si j'avais mordu la jugulaire d'une pauvre innocente. J'ai eu peur. Je ne l'ai pas trop montré. Papa est venu chercher des affaires à lui dans la chambre où je suis censé dormir plutôt qu'écrire et il m'a trouvé avec ma compresse pleine de sang. Il a été doux comme deux parents à la fois. J'ai pleuré comme deux enfants à la fois. Puis le sang s'est arrêté de couler. Je me demande si je ne vais pas me réveiller mort demain matin. Ou avec des canines qui auront poussé. Ou les deux.

Avant que les dents saignent, j'ai eu droit à un vrai moment de réveillon en famille. Des rires, des surprises et des gâteaux. Joie simple du cadeau offert et reçu. Le normal extraordinaire. J'ai pris l'amour et en ai donné en essayant d'occulter cette histoire à la mort-moelle-nœud. Je crois qu'on y est arrivé.

Le retour de Dame Oclès

27 décembre 2013

Embrassades sur un quai de gare, le sac rempli de cadeaux, les paupières comme un pont-levis. Garder les larmes à l'intérieur du crâne. Et le masque chirurgical bien sûr. J'ai froid aux yeux. Peur de ne plus les revoir. Toute la famille, mes *nice* petites nièces, le groupe. J'ai un bonnet de vieil enfant et un blouson chaud alors qu'il ne fait pas si mauvais que ça. Ne manque plus qu'une putain de paire de skis. Je voudrais revoir la montagne, cela dit. Manger une crêpe après avoir enlevé ses chaussures de robot en plastique. Marcher pieds nus sur une moquette pleine de neige fondue. S'emmitoufler au bord d'un feu de cheminée en faisant sécher ses chaussettes. Parler des bosses. Et de l'importance du vent.

Le train découpe la vallée. Je connais son coup de ciseaux par cœur. Même l'ordre d'amoncellement des nuages me paraît familier. Dame Oclès est assise sur la troisième marche de l'escalier du TGV. Un pantalon noir moule ses fesses comme si elle venait de tremper ses jambes dans un gisement de pétrole. Ses talons aiguilles sont si pointus qu'elle pourrait poignarder tout le wagon avec. Des frissons de fièvre me parcourent quand elle bat de ses ailes-paupières.

— Hey, tu sais de quel côté se trouve le wagon-restaurant ?

— Je crois qu'il est fermé…

— Putain j'ai une dalle, moi ! Pas faim, toi ?

— Non, ça va, merci.

— Quoi ? On ne comprend rien avec ton masque à la con, enlève-le.

Je fais mine de ne pas l'écouter et vérifie que mon masque protège bien mon visage en le pinçant méticuleusement sur mon nez.

— Écoute, tu vas crever de toute façon… Tu ne veux pas profiter un bon coup ? Ils te pourrissent la sortie du film, ils te défoncent le corps avec leurs médocs et ça fait pleurer ta famille. Tu vas attendre comme ça jusqu'à la fin ?

— Je finirai par m'en sortir, même si ça prend du temps.

— Ah ah ! Mais tu sais bien que non, au fond… Sois honnête avec moi.

— Je le suis.

— C'est ça… Si tu ne peux pas l'être avec moi, tâche au moins de l'être avec toi !

— Je…

— Mais viens avec moi, me coupe-t-elle. Tu ne veux pas voir les plus beaux seins de la galaxie avant d'aller en chambre stérile ?

— Je les ai déjà vus !

— Ah ah… Tu n'imagines même pas, mon vieux… Enfin, si tu ne veux pas penser à toi, pense au moins à ceux qui vont te voir t'effacer à petit feu. Tu vas les faire souffrir. Alors que tu pourrais éviter tout ça en décidant de partir dans la dignité joyeuse et le panache !

Elle pointe son épée étincelante sous mon nez.

— À moins que tu ne préfères la soupe de légumes de l'hôpital et te faire réveiller par les piqûres de ces pauvres filles… Dans leurs blouses informes en plus, ah ! Enfin, c'est toi qui vois. Bon, tu viens avec moi au wagon-restaurant ?

— J'ai déjà mangé.

Dame Oclès hausse alors ses sublimes épaules, replie son corps de liane le long de l'escalier et disparaît.

Bonne anémie !

31 décembre 2013

Les mailles du filet qui m'emprisonnent sont désormais plus serrées qu'une cotte de mailles. L'en-fer. Aux prises avec des doutes en métal lourd, je porte une armure qui se rebelle contre moi et me détruit de l'intérieur.

Je veux bien me battre pourtant. Je ne suis pas dans un délire de mort, c'est l'ultra-vie qui m'a toujours porté. Je veux me battre ! Sauf si c'est perdu d'avance. Si c'est triché au niveau des chromosomes et que même une greffe de mammouth réussie ne m'accorde qu'un sursis. Je ne suis pas certain de monter dans ce train-là. J'attends une bonne nouvelle, une piqûre d'étoile, un je-ne-sais-quoi de lumière pour viser. Dans ce flou opaque et glacé, je suis en train de me briser le cœur. Chaque coup de fil à mon père et ma sœur change mon crâne en bocal à larmes qui explose dès qu'on raccroche. J'aime trop la vie pour accepter l'idée de mort. Je n'en reviens pas, et n'en reviendrai peut-être jamais.

Rosy reste presque imperturbable. Cette guerrière travaille à l'arme douce, comme je disais. Elle a un cœur gros comme une horloge. Je la vois se battre pour ralentir le temps quand l'accélération m'angoisse et l'accélérer quand il pèse.

Aujourd'hui, je lui ai joué une nouvelle chanson, « Le chant du mauvais cygne ». Pour la première fois j'aborde ma situation actuelle, dans un écrin musical de folk-gospel enfantin. Personne d'autre ne l'a entendue. Rosy m'a vu saigner, me faire transfuser et piquer dans tous les sens sans se laisser déstabiliser. Mais quand je me suis mis à chanter, elle a tout pleuré d'un seul coup. L'incroyable digue qu'elle avait bâtie au jour le jour pour nous protéger a lâché. Le condensé de la peur lui a sauté au visage. Panique mélancolique. J'ai eu un mal fou à la calmer. J'ai mis les bras, les mots doux et ça a fini par marcher. J'étais à la fois désolé d'avoir provoqué de telles inondations au fond de ses yeux, et content de pouvoir à mon tour la consoler. Qu'elle puisse compter sur moi. Après on a rigolé, j'ai joué des trucs à la con à la guitare et on s'est habillés pour notre mini-réveillon maison. Je ne sais pas ce qu'elle a mis dans ses crêpes, mais j'ai passé la soirée aussi heureux que si je ne connaissais pas la différence entre la moelle osseuse et la moelle épinière.

En ce 31 décembre à minuit, chacun de nous appelle sa famille pour se souhaiter bonne année. Bonne anémie, en ce qui me concerne. Ce sont aussi les soixante-quinze ans de mon père, je me sens de plus en plus vieux que lui. Je m'occupe de sa santé mentale parce que son petit est malade. Ni l'un ni l'autre n'avons plus de maman et lui depuis très longtemps. Perdre un enfant, ce doit être encore pire. J'essaie de le rassurer même quand je ne le suis pas moi-même. Il a peur. Tellement peur parfois qu'il approche le déni. C'est sa façon de dealer avec l'espoir. Chacun souffre dans le non-dit, mais le souffle épique de notre complicité père-fils résiste.

L'homme qui avait la classe en jogging

3 janvier 2014

Il faut reprendre le train-train d'enfer des allers-retours en hôpital de jour. Dame Oclès me suit maintenant comme mon ombre. Partout, tout le temps. Elle me regarde me laver, se marre quand je mets du temps à m'habiller. Son moment préféré lorsqu'elle m'accompagne au service hématologie, c'est quand on passe devant les petites boutiques de la mort de la rue Saint-Jacques. Dame Oclès pousse des cris d'extase devant les plaques de marbre gravées. On dirait une adolescente dans un magasin de prêt-à-porter. « Lequel tu préfères ? Oh ça, ça t'irait tellement bien ! dit-elle devant un cercueil un peu vintage qui semble avoir déjà servi. Ça fait très vampire. Tu devrais le réserver, non ? »

Nous déambulons comme deux amoureux à moitié morts dans l'allée des ambulances qui jouxte le bâtiment Achard, ce grand lycée triste où je viens prendre des cours de survie. J'appelle l'ascenseur, il ressemble à une mini-chambre d'hôpital qui bouge. Nous arrivons au cinquième étage. Des noms de frissons partout : « hématologie-oncologie-hémaphérèse ». Je rajoute : « Et ma fraise. » Cette blague foireuse me permet de me vider le cerveau un instant.

La salle d'attente. Ses magazines qui vantent les mérites des perruques les plus réalistes. Ses gens très âgés pourtant plus jeunes que moi. On se reconnaît à nos pansements à l'avant-bras. Le gang des transfusés. On finit par se saluer comme de bons voisins, à force de se croiser ici.

Il est rare de rencontrer des gens qui ont la classe en jogging. Ça m'est arrivé cet après-midi. Dans ma chambre de transfusion. Un vampire d'environ soixante-dix ans qui portait des chaussures de ville d'un autre temps. Et ce curieux survêtement molletonné qui devait rassurer son corps fatigué. Il y avait une détermination, une dignité délicates dans la façon dont il demandait aux infirmières de l'aider à retirer ses chaussures.

Puis l'hématologue est arrivée. Avec ses façons effacées et le volume sonore de sa voix réglé au minimum. Ils ont parlé du temps qu'il lui restait, de ce qu'il pouvait encore faire. De comment sa mort pourrait arriver. Je n'osais plus regarder. J'écoutais sans écouter. Les difficultés colossales qui s'installent dans chaque syllabe qu'elle doit prononcer. Je suis sorti de la chambre pour les laisser se dire les secrets sans mystère, les mots durs comme des pierres coupantes. Lorsqu'ils ont eu fini, je suis revenu. Il avait toujours la classe dans son jogging, ses chaussures étaient posées au pied de son lit. Il dormait et son sommeil envahissait la pièce comme un baume apaisant. Je me suis endormi à mon tour. J'espère qu'il a pu rêver à quelque chose.

Quand il s'est levé, aussi doucement qu'on déplie du linge en porcelaine, il m'a remercié pour ma discrétion avec ses airs de Leonard Cohen qui ne chante plus. Les ambulanciers l'ont embarqué. On aurait dit des policiers tendres et lui un malfrat doux. Ils ont fermé la porte de la chambre. Je me suis senti l'homme le plus faible du monde.

Dame Oclès me glisse que mon taux d'hémoglobine est plus bas que celui de l'homme qui avait la classe en jogging. C'est vrai.

J'essaie de lire Walt Whitman* pour me donner le courage de ne pas l'écouter. Je la regarde découper les ombres en tranches fines devant la fenêtre. Je sors un journal de mon sac comme s'il s'agissait d'un bouclier magique. C'est plus grand et plus facile à lire. Mes meilleures armes pour faire reculer Dame Oclès restent l'humour et la poésie. Dès que je ris ou m'émerveille, je m'échappe de son marquage. Quand l'anémie enclume mon cerveau au point que je ne peux ni lire ni écrire, il me reste la colère. Et quand je suis trop fatigué pour me mettre en colère, je joue du ukulélé.

Deux infirmières entrent en souriant. Un vampire plus blanc qu'une porcelaine qui lit *L'Équipe* avec des lunettes de soleil un peu trop grandes en pleine transfusion, ça les fait rigoler. À chaque fois que je vois du sang neuf passer par le tube en plastique pour entrer dans mes veines, j'ai l'impression que Dieu me donne à manger. Un Dieu humain, qui serait venu après le boulot faire un petit cadeau avant de rentrer chez lui. Aujourd'hui encore, cet anonyme et toute

* Poète américain spécialiste de l'espoir épique et qui ressemble au Père Noël sans son déguisement.

l'équipe médicale qui achemine le sang depuis ses veines jusqu'aux miennes me permettent de rester en vie.

Dans la chambre d'à côté j'entends :

— Vous savez que vous avez un myélogramme aujourd'hui ?

— Je sais, je sais… On va encore m'aspirer l'âme.

La voix de cet homme semble sortir du livre de Whitman. Décrire avec autant de précision la sensation que procure ce « geste un peu désagréable appelé myélogramme » ! Ici tout le monde est logé à la même enseigne. Même les fantômes de poètes subissent la pêche au harpon dans le sternum.

Je suis tendu comme un arc. Après lui, ce sera mon tour. « Ô Capitaine ! Mon Capitaine ! » Puisse ta puissance poétique atténuer la douleur !

« Monsieur Malzieu ? C'est à vous… » Étonnamment, partager l'expérience du myélogramme avec Walt Whitman ne rend pas beaucoup plus fort. Je suis pétrifié à l'idée de subir une nouvelle fois cet examen. Les deux internes s'approchent avec cette grosse aiguille qu'ils appellent « trocart ». J'ai envie de faire comme Wolverine dans le premier *X-Men*, me lever du lit en accéléré pour éviter la piqûre et coincer le docteur contre le mur. Mais je ne suis pas Wolverine.

Le geste est rapide et prompt. Deux fois dix secondes de torture puis le retour au calme. Le pansement et les battements du cœur qui ralentissent. Plus de mal que de peur. Maintenant, il faut attendre le nouveau verdict.

Les infirmières et médecins ont été doux, ils sont venus amortir la panique avec leur façon de glisser le regard à travers la porte entrouverte pour vérifier que « tout va bien ». Je n'avais pas ressenti cette sensation de solitude rassurée depuis la varicelle. Quand ma mère débarquait dans ma chambre avec une soupe de pâtes alphabet.

Au service hématologie de Cochin, même les plus jolies filles portent des chaussures en plastique de mémé et tout le monde est déguisé en fantôme froissé. La musique des machines à perfuser est une symphonie de sonneries de radio-réveil des années 1980. Les draps jaunes brodés « Hôpitaux de Paris » ont la même couleur que l'urine. Sans doute pour qu'on puisse se pisser dessus incognito. Mais tu es accueilli ici comme dans un château sept étoiles.

Je commence à m'attacher à eux. Ils m'impressionnent de patience et d'écoute. Ils tiennent droit dans ce flot d'ombres à grumeaux qui balaient les couloirs de l'hôpital. Ils pilotent des canots de sauvetage avec de tout petits gouvernails dans des tempêtes de détresse. Ils sont beaux.

Je crois encore au Père Moelle, mais j'ai des doutes. Peuvent-ils trouver un donneur ou ont-ils déjà épluché tout le fichier mondial ? Les réponses de mon hématologue à voix douce sont vagues. Elle jongle avec l'espoir comme avec des balles en porcelaine. Elle se débrouille pour ne pas les faire tomber.

Je suis reparti de l'hôpital de jour au bras de mon amoureuse. On aurait dit un vieux en pantalon slim. Un vent invisible soufflait fort dans le couloir de l'hôpital, je m'accrochais à elle de toutes mes petites forces. C'est ce produit qu'ils me donnent pour éviter les réactions allergiques, ça me fait dormir debout.

Si je me sors de tout ça, je deviendrai un autre homme. Je sens déjà la métamorphose opérer. Moi qui ai tant rêvé de chimères, géants, monstres amoureux et autres sirènes, me voici au combat pour un retour à la normalité. Le plus intense des contes de fées. Aller traîner dans une librairie sans penser à rien d'autre qu'à dénicher un bon livre. Sans se méfier du type qui tousse, ni de l'heure de prise des médicaments, juste s'oublier tranquillement. Pour moi, l'amateur de rêves, le plus beau cadeau serait de pouvoir revivre « comme tout le monde ».

Guerre des étoiles

15 janvier 2014

C'est aujourd'hui que je vais connaître le verdict concernant la maladie génétique. Ce qui me terrifie, c'est que d'autres membres de ma famille soient concernés.

J'arrive dans un autre grand supermarché de la maladie appelé hôpital Saint-Louis. À l'entrée, une charmante boutique de perruques et de prothèses mammaires. Plus loin, un hall de gare avec des panneaux indiquant des spécialités de pathologies en lieu et place des villes et des numéros de trains. Pas de trains, juste des gens plus blancs que leur linge qui déraillent le long de leur porte-perfusion. On dirait des zombies faisant leurs courses à Casino. Bien sûr, il faut s'inscrire. Arsenal de papiers de dossiers de caissières. Un véritable Pôle Emploi de la mort. Il faut bien l'avouer, je ne suis pas très doué avec les papiers. Cette fois j'ai oublié ma pièce d'identité. Quand on prend un avion pour l'île de la Réunion, je comprends qu'on vérifie. Lorsqu'on vient consulter pour une maladie grave, j'ai plus de mal. J'ai la carte bleue, le nom qui correspond au rendez-vous pris, mais non, il leur faut la pièce d'identité. Au cas où un plaisantin se dirait : « Génial, je vais aller attendre dans un couloir d'hôpital pendant une heure et demie à sa place, hé hé… »

Je visite une prison, peut-être un cimetière. À moins que ce ne soit un putain de trampoline magique. Dans la salle d'attente, mon cœur se coince dans ma gorge lorsque je lis une affichette expliquant la maladie génétique qui me concerne. Si j'en suis atteint, mon diagnostic vital déjà peu engageant sera encore plus mal engagé. J'attends mon tour pour rencontrer le professeur du service de la greffe de moelle. Si je dois en passer par là, c'est lui qui dirigera les opérations.

L'extraordinaire être humain planqué sous une blouse qui m'a reçu s'est adressé à moi tout à fait normalement. Un spécialiste de l'aplasie* qui

---

* État dans lequel le patient impatient se retrouve sans globules blancs et donc enfermé en chambre stérile pour éviter toute infection.

s'y connaît en empathie. Ou l'inverse. Présent, tonique, concerné, précis, encourageant, et on comprend ce qu'il dit. Pas de jargon. Pas de leçon. Juste de la science. Humaine. Bien sûr je l'aurais peut-être moins apprécié s'il m'avait annoncé le pire. Pas de problème génétique, dit la biopsie. Ma maladie ne concerne pas d'autres membres de ma famille. Je ne suis donc pas un vampire congénital. Pas non plus de prédisposition accrue à tout un tas de cancers multiples et variés. L'épée de Dame Oclès dont je sentais la lame rouiller sur ma nuque s'éloigne légèrement. Il nous reste deux possibilités de traitement antilymphocytaire avant une éventuelle greffe. Je gagne du temps sur la fabrication de l'étoile noire de la mort. Des mois, des années peut-être, et pourquoi pas une vie entière.

J'ai proposé un deal au professeur. Je m'enfermerai en chambre stérile, prendrai tous les immunosuppresseurs nécessaires, je boirai du potage de guerre, je porterai l'uniforme en papier des alités, mais après la sortie du film le 5 février.

On raconte que lorsqu'on coupe la tête à un samouraï, il continue à se battre encore quelques instants. C'est aussi valable pour les zombies et les canards. Quoi qu'il arrive désormais, je continuerai d'exister pendant une heure trente de film en 3D.

Téléphoner à mon père et ma sœur pour leur annoncer qu'ils ne risquent rien provoque en moi une joie profonde et sourde, comme un arbre qui sentirait la résine circuler dans ses racines. Un nouvel élan de combat mûrit en moi. Je vais affronter Dame Oclès.

L'hôpital et ses fantômes

22 janvier 2014

Greffe. Pas greffe. Hospitalisation. Pas hospitalisation. Greffe. Oui. Non. Peut-être. Sûrement. Maintenant. Plus tard. Tout de suite ! J'ai les nerfs à vif, à force !

L'hématologue à voix douce commente mes dernières analyses.

— On ne va pas pouvoir attendre le 5 février pour vous hospitaliser, vos globules blancs sont trop bas. Vous risquez une infection, ce qui nous ferait encore reculer la date du traitement… Je sais que c'est difficile pour vous avec la sortie de votre film, mais là, ça devient beaucoup trop risqué !

Elle a cette voix de berceuse pour endormir les enfants. Cela fonctionne moins bien sur les vampires.

— Il ne reste que quinze jours, mais ce sont les plus importants… L'avant-première, la presse, la présentation du film dans plusieurs salles le jour de la sortie… Puis je me sens bien moi, un peu fatigué oui, mais j'aurai tout le temps de me reposer après… Le professeur de Saint-Louis est d'accord !

— Oui, mais il ne vous suit pas au quotidien, et depuis, vos analyses sont en baisse. Le risque infectieux augmente, c'est dangereux de vous laisser dehors aussi longtemps.

— C'est très important pour moi de défendre ce film jusqu'au bout. Je viendrai le 6 au matin, s'il le faut…

— Je comprends. Je vais en reparler avec le reste de l'équipe et je vous tiens au courant.

L'hématologue à voix douce dit au revoir plus vite que son ombre. Je vois bien qu'elle essaie de m'arranger et qu'elle met toute la délicatesse possible dans les décisions difficiles qu'elle a à prendre. On dirait une institutrice obligée de punir un élève qu'elle apprécie. Elle a beau m'inonder de mauvaises nouvelles, je l'aime bien. Je me suis attaché un peu, comme un con.

Le téléphone sonne. C'est ma productrice. Il faut confirmer la date du *Grand Journal** et d'autres interviews. Je réponds que « c'est compliqué », mais que « ça devrait aller ». Je suis tellement convaincant que j'y crois un peu moi aussi. En vrai, l'étau se resserre sévèrement. Mes défenses immunitaires sont dangereusement faibles et les transfusions de moins en moins efficaces.

Je me bats comme un lion contre cette maladie que je comprends à peine. Même si pour l'instant je ne suis qu'un chat avec un pyjama trop grand qui ne dupe personne, pas même moi.

L'attachée de presse du film m'appelle. Le planning se remplit et je ne sais plus quoi répondre. Si je commence à refuser des interviews, ils vont tout annuler. Je continue de dire oui aux événements les plus importants en pariant sur un sursis accordé par l'équipe médicale.

Je retourne à l'hôpital pour un dernier bilan sanguin qui pourrait être décisif. J'enchaîne avec une interview avec mon coréalisateur, qui a le mérite d'exploser un de mes tabourets en plastique et de s'étaler comme une crêpe devant une

* Émission télé de Canal+ où le rêve de faire un film a commencé à se transformer en réalité le 5 novembre 2007 en rencontrant le producteur Luc Besson. Je suis censé y retourner pour accompagner la sortie du film, avec ce même Luc.

journaliste médusée. Je ne peux que le remercier pour ce moment d'apnée comique.

Je sens que je vais saigner du nez. Direction les toilettes. Je parviens à peu près à stopper l'hémorragie avec du Coalgan. Je vérifie que je n'ai pas raté d'appel de l'hôpital. L'interview se termine. Dame Oclès fait tournoyer son sabre en chantant une berceuse. Le bruit de l'épée découpe l'air comme les hélices d'un avion. Je passe mes angoisses sur un paquet de noisettes et discute longuement au téléphone avec ma sœur. Elle est un excellent bouclier contre la terreur. J'entends la sonnerie du double appel me couper la parole, je regarde l'appareil : c'est le numéro de l'hématologue à voix douce.

— Bonjour, monsieur Malzieu. Bon. Vos analyses d'aujourd'hui sont à peu près stables, et sachant que ces deux semaines sont cruciales pour vous, nous nous sommes concertés et vous proposons une hospitalisation à partir du 6 février.

— Oh merci beaucoup ! Merci beaucoup !

— Je suis contente pour vous… Mais essayez d'être le plus prudent possible et si vous avez de la fièvre ou quoi que ce soit, surtout n'hésitez pas à nous appeler !

— Oui, oui ! Merci beaucoup !

Je brandis le poing tel John McEnroe après une volée réussie. Sauf catastrophe, je vais aller au bout. Oublier le plus possible l'hôpital et ses fantômes jusqu'au 5 février. Il me reste quatorze jours à parcourir en terrain miné. Le compte à rebours est lancé.

Très *Grand Journal*

31 janvier 2014

L'avant-première est dans trois jours, la sortie du film dans cinq et l'entrée en bulle stérile dans six. Me voici au *Grand Journal.* Même si elle n'est plus là, c'est l'anniversaire de ma mère. J'imagine la tête qu'elle aurait fait en me voyant à la télé. Je passe au maquillage, c'est plus long que d'habitude depuis que je suis un vampire. J'ai le trac. Overdose d'adrénaline. Je me demande comment je vais pouvoir aligner deux phrases sans bégayer.

On vient nous chercher, la marche rapide qui nous mène au plateau m'essouffle.

Je me dandine sur le tabouret en plastique. Luc Besson est à ma gauche et une compresse stérile dans la poche droite de ma veste de costume. Au centre, tel un balancier de mes trop fortes émotions, j'ai une cravate nouée par Rosy. Hier je faisais la tête parce que j'étais stressé et qu'un sniper invisible jouait avec un tournevis dans mon ventre. Pendant ce temps, elle est allée sur Internet pour apprendre à faire un nœud de cravate. Elle m'en a noué trois pour que j'aie le choix. Tout à l'heure j'en ai choisi une et ça m'a permis de garder l'équilibre, d'être centré sur moi. Ne pas trop penser que j'avais d'un côté un des plus grands réalisateurs français qui venait de me soutenir pendant six ans pour produire mon film et de l'autre une compresse stérile pour essayer de stopper un éventuel saignement de nez lié à une maladie qui m'emporte dans son tourbillon opaque. Le plateau me paraît immense, et moi plus petit encore que d'habitude.

Je me cramponne à mon harmonica pour canaliser mon adrénaline. Je suis un peu à côté de la plaque. Tout se passe très vite. Les questions d'Antoine de Caunes, Étienne Daho qui chante, une interview enregistrée d'Olivia* qui me brise le cœur en douceur. Je me revois trois ans plus tôt en train de l'attendre dans l'appartement que nous habitions. Je me souviens m'être rasé de près pour l'accueillir. Je l'ai aidée à porter un énorme sac rempli de robes et sans doute

* Grande chanteuse de petite taille ayant tenu le rôle principal dans mon film comme dans ma vie jusqu'en 2011.

d'enclumes vu son poids, tout au long des quatre étages et demi d'escalier. Elle faisait une drôle de tête mais je ne pouvais m'empêcher d'être en joie. Une fois en haut, elle m'a quitté. Depuis ce jour, je ne me suis plus jamais rasé de près.

Tout le monde applaudit Olivia et maintenant, je dois réagir.

Pas évident de sourire en serrant les dents, surtout quand on est un vampire. Mon cœur palpite contre la compresse quand je raconte la greffe d'horloge du personnage de *La Mécanique du cœur*.

J'ai peur de saigner, de pleurer, de bredouiller au milieu de ce carambolage émotionnel. Dame Oclès est assise à côté du présentateur Antoine de Caunes. Je ne la regarde pas. Pour rester concentré sur les questions qu'il me pose.

L'ambiance est légère, le rythme rapide et j'essaie de me maintenir à flot. Faire croire et me faire croire que je suis à la cool, tranquillement invité au *Grand Journal* à parler de mon film. Alors qu'en vrai, dans ma tête c'est l'Etna. Il fait chaud sur le plateau. Je saigne du nez, mais seulement pendant la page de pub. Personne ne se rend compte de rien. Tout le monde a l'air plutôt content, alors je le suis aussi.

Avant-dernière

1er février 2014

C'est le dernier samedi avant l'hospitalisation. Dans cinq jours, je recevrai un sérum qui pourrait me guérir mais aussi me tuer. Sur le dernier compte rendu d'hôpital que j'ai de plus en plus de difficultés à lire, il est écrit : « Aplasie médullaire sévère. » J'ai mis ma vie en danger léger en parcourant quelques mètres en skate pour aller chercher un journal tout à l'heure. J'ai pris une petite gorgée de ciel avec ses nuages jaunis par la fin de l'après-midi. Je me serais cru à l'intérieur d'une vieille photo, dans mon passé pas si lointain que ça. Envie de discuter avec des gens que je ne connais pas. D'improviser comme lorsqu'on est dans un pays lointain, désinhibé par l'excitation de la découverte. Un petit vieux seul dans un bar regarde un match de football anglais. Il porte une longue barbe blanche à la Walt Whitman. J'irais bien discuter avec lui, manger des cacahuètes, boire un mojito. Mon quartier est devenu une contrée exotique depuis que je passe le plus clair de mon temps calfeutré dans mon appartelier*.

Dernier sprint. L'avant-première. La course aux interviews un peu partout. La famille, les amis, le groupe, l'équipe du film, Rosy et Olivia. Nouveau cocktail d'émotions contrastées. L'importance de se focaliser sur la joie. Envie de grimper sur les sièges avec mon harmonica. J'en escalade un et me retrouve nez à nez avec mon hématologue qui a troqué sa voix douce contre un regard inquiet.

La projection du film démarre. J'en connais chaque plan par cœur, mais cette fois, je le vois peut-être pour la dernière fois. Je m'arrange pour faire tomber les larmes à l'intérieur de mon crâne. J'aimerais que le film dure pour toujours. Ne pas avoir à sortir de la salle, ne pas avoir à dire au revoir à tout le monde à la fin, ne pas avoir à me rendre au service de soins intensifs dans quatre jours. Le sablier est presque vide.

* Lieu magique peuplé de skates, de vinyles et de surprises, qui me sert tout autant d'appartement que d'atelier de création.

Dans la dernière scène du film, le temps s'arrête. Je me concentre pour que cela se passe en vrai. Cela se passe effectivement en vrai, mais seulement pendant quelques secondes. Je pleure de la neige. Les gens croient que c'est dans le film, mais c'est bien moi. Ici maintenant. Entouré d'une foule bienveillante et pourtant plus seul au monde que Robinson Crusoé. Des enfants me demandent de signer leur affiche, ils toussent, éternuent, sourient, veulent des photos et des bisous. Je ne connais pas de façon plus fabuleusement douce de risquer sa vie.

Le compte à rebours s'accélère. Me voici le jour de la sortie juste avant celle de la rentrée. Film contre hôpital. Enfiler une dernière fois mon costume fétiche avant de le remplacer par un pyjama. Arpenter quatre salles de cinéma pour présenter le film à coups d'harmonica. Joie du baroud d'honneur. Dernier bras d'honneur à Dame Oclès.

La nuit tombe. Les corbeaux enroués s'évaporent dans le crépuscule. Ce n'est pas le jour le plus froid du monde, mais pas loin. L'équipe du film se dirige vers un restaurant pour fêter la sortie et attendre les chiffres de la première journée. Ces résultats conditionneront la durée de vie du film et son succès. Six ans de travail et de rêve mêlés en train de se jouer en un coup de dés. Je prends mes médicaments avec du champagne. Lâcher-prise de tête. Minuit. Mon carrosse se transforme en (ci)trouille. Ma puissance baisse. Je fonds au contact de l'air. Les premiers résultats des entrées arrivent. Le bilan sanguin du film. Et qu'est-ce que ça me fait ? Tout. Je ressens tout. De la moindre parcelle de déception à la joie, de la pitié pour ma gueule de vampire à la peur, tout me traverse, me transperce comme dans un duel de western avec moi-même.

Deux heures du matin. Le restaurant se vide. Quelqu'un a coupé la musique, il faut rentrer. Alors je rentre. J'aurais bien dansé encore, même doucement. Tout le monde se dit au revoir longuement. Le taxi a des airs d'ambulance classe. J'ai envie de lui dire de foncer jusqu'à l'océan pour aller petit-déjeuner au bord de l'eau. Vampire en cavale recherché par les autorités médicales le long du littoral. Signalement : très blanc, tout petit, fait du skateboard au ralenti.

J'ouvre la porte de chez moi comme un voleur mélancolique. Il est plus de trois heures du matin. Il ne reste plus beaucoup de temps avant qu'aujourd'hui ne devienne demain matin. Rosy se réveille, on se chuchote des petites blagues rassurantes. Puis, blottissage intégral.

Le sommeil ne vient pas, je vais me chercher tout nu du Coca dans le frigidaire. Le boire glacé à en chialer des bulles. Prendre un goûter à quatre heures du matin en regardant les étoiles scintiller au loin dans la brume tel un feu d'artifice raté. Regarder Rosy dormir, ses seins remontant à la surface de la couette comme des îles flottantes. Voir le petit matin effacer la lune avec sa gomme en forme de nuage. Prendre une double dose d'assomnifères et s'écrouler enfin.

Mise en bulle

6 février 2014

Cette fois, plus de champagne ni d'harmonica pour reculer l'échéance. À l'heure où le taxi m'emmène à l'hôpital Cochin, une partie de l'équipe du film s'envole pour assister à sa projection au festival de Berlin. J'ai fait le chemin entre chez moi et l'hôpital tant de fois que la voiture me semble téléguidée.

Bâtiment Achard, quatrième étage. Je connais bien ces couloirs de centrale nucléaire peuplés de fantômes bienveillants souriant sous leur masque. Rosy m'aide à porter mes bagages, nous partons en vacances en enfer. Nous allons être séparés. Pendant la durée de mon hospitalisation, nous ne pourrons ni nous embrasser ni nous toucher. Seulement se voir du bout des yeux. Masque, charlotte, surblouse, sur-blues : me voici en chambre stérile.

Ici, j'ai droit à rien, si ce n'est me reposer. Je suis installé dans un aquarium sans eau. Des poissons exotiques sous vide viennent prendre ma température. Deux grandes fenêtres rectangulaires m'offrent un fantastique belvédère sur le Panthéon. Le reste n'est que linoléum, placards en plastique et lit télécommandé. Heureusement, il y a un vélo d'appartement.

Je laisse mes habits de chanteur de rock dans un sac identique à celui que j'ai récupéré après la mort de ma mère et j'enfile l'uniforme du prisonnier médical : le pyjama en papier. D'un coup, je me sens très très vieux.

Rosy part travailler. Dès qu'elle s'éloigne, Dame Oclès la remplace.

Me revient en mémoire un jour dans le même genre de chambre d'hôpital avec ma mère. Elle était si fatiguée qu'elle dormait presque tout le temps. J'en avais mal au ventre. Lorsque ma mère s'est réveillée, elle m'a dit :

— Tu n'es pas bien toi, qu'est-ce qui ne va pas ?

— Oh... rien, ne t'inquiète pas.

— Je te connais comme si je t'avais fait ! m'a-t-elle dit en souriant. Qu'est-ce que tu as ?

— Un peu mal au ventre, mais ça va…

Elle a appelé une infirmière pour qu'elle me donne un antispasmodique. J'étais gêné sur le coup, mais le cachet m'a soulagé rapidement. Entre-temps, ma mère s'était rendormie. Quelques jours plus tard, elle n'était plus là.

Depuis que le diagnostic est tombé, j'essaie de protéger mon père et ma sœur de l'analogie avec la maladie de ma mère. De m'en protéger aussi, mais les différences entre nos deux pathologies n'empêchent pas l'écho des angoisses de résonner. Dans cette chambre pleine de vide, c'en est assourdissant.

Une équipe médicale débarque soudainement, m'arrachant à ces sombres pensées. « On va vous installer un cathéter central, cela vous évitera d'être piqué tous les jours pour les bilans sanguins, transfusions et traitements. À partir de maintenant, tout passera par là, ce sera beaucoup plus confortable pour vous. »

Trois piqûres-brûlures anesthésiantes plus tard, le chef de clinique bricole des trucs au niveau de mon cœur. Ils sont en train de m'appareiller. Couture-suture-piqûre. Je me croirais à l'intérieur de mon film. Je tente de faire des petites blagues aux médecins, et ils y sourient par gentillesse. Chacun combat son angoisse comme il peut.

Je me retrouve avec un pansement gros comme une couche sur le poumon et un tube en plastique relié à une grosse machine blanche. « Un pousse-seringue, m'explique une infirmière. C'est pour régler le débit de vos traitements. » Ça fait un bruit de cafetière, mais ça ne fait pas de café. Des petites lumières clignotent et lorsqu'une bulle d'air se coince, ça se met à hurler. Ce robot sera mon compagnon de chambrée jour et nuit désormais. Au-dessus du lit, une espèce de gaufrier géant. Ils appellent ça le « flux », cela permet de filtrer l'air, un peu comme l'eau d'un aquarium. C'est le bouclier antimicrobes qui va remplacer mon système immunitaire pendant la durée de l'hospitalisation. « Quinze jours, trois semaines, parfois plus », m'a indiqué l'hématologue à voix douce.

Je suis ici depuis deux heures et la journée d'hier me semble déjà faire partie d'un passé lointain. Je grimpe sur le vélo mis à disposition et pédale face à la fenêtre. Je coince le fil partant du cathéter sous la pédale, une douleur vive me rappelle à quel point je suis prisonnier de cette machine. Dame Oclès s'installe dans mon lit et s'allume une clope fine. Elle crache une fumée charbonneuse qui rampe sous le plafond jusqu'au-dessus de ma tête. Je continue à pédaler.

La nuit s'avance et repeint les murs de la chambre. C'est l'heure d'allumer les néons de salle de bain. Le repas et ses odeurs de cantine pour les morts arrivent. J'ai bien fait de manger des Granola hier soir, parce que c'est reparti pour les barquettes en aluminium de riz blanc trop cuit.

Je n'ai pas craqué de la journée.

Jusqu'à ce qu'on m'annonce que l'homme qui avait la classe en jogging, avec ses manières de Leonard Cohen qui ne chante plus, avait définitivement arrêté de parler.

Dame Oclès prend beaucoup de place dans le lit. Sa peau est froide comme celle d'un serpent. Elle dort avec son épée. Le sommier est un matelas pneumatique du genre de ceux que l'on trouve pour faire les cons à la piscine, mais recouvert d'un drap. Très bon pour le mal de dos ! « Plus facile à laver en cas de saignements », m'explique-t-on. J'essaie de me changer les idées en lisant mais je ne parviens pas à me concentrer. En chambre stérile, dès qu'on rêve un peu, ça pique les yeux. Surtout quand on ne sait ni quand ni comment on en sort.

Ma seule possibilité de résister, c'est d'écrire. L'urgence fait pousser des graines de livres en moi. Je les arrose toutes et m'applique à penser que je vais trouver mon haricot magique pour crever le plafond de l'hôpital.

Nymphirmières

6 février 2014

J'ai fait une demi-heure de vélo sur place, à regarder par la fenêtre, avec de la musique d'Ennio Morricone qui sortait de mon iPhone. Face à un décor immobile, il faut aller chercher l'envie d'avancer au fond de son crâne. Puis, j'ai lavé ma crinière au-dessus d'une bassine avec des gants en coton. Le savon stérile qui sert aussi de shampoing mousse à peu près aussi bien qu'un fond de Coca éventé. Ça me prend des lustres pour me sécher. « À la guerre comme à la guerre », disait souvent ma mère.

Une infirmière entre dans ma chambre les bras chargés de cadeaux flippants. « Ça va, monsieur Malzieu ? On va pouvoir commencer le S.A.L. ! » Les poches de sérum antilymphocytaire ressemblent à d'énormes paquets de bonbons.

On m'installe un tensiomètre autour du bras. Je vais le garder tout au long du traitement. Cette nouvelle machine prendra ma tension automatiquement toutes les dix minutes pendant douze heures. Ma température sera vérifiée toutes les deux heures et j'ai l'interdiction de fermer le store de lit. « Je dois pouvoir vérifier que vous respirez », me dit l'infirmière.

L'interne et une petite armée d'hématologues masqués entrent à leur tour. « Vous risquez d'avoir des frissons et de la fièvre, n'hésitez pas à appeler si vous ne vous sentez pas bien. Cela durera quatre jours. Gardez le moral, ça va bien se passer ! »

Le sérum antilymphocytaire coule dans mes veines. Je suis le lait sur le feu désormais. Surveillé. Pour éviter les inflammations dues au traitement, je suis également sous corticoïdes à haute dose. Ce médicament a la bonne idée de tendre un peu plus mes nerfs. Je suis à la fois extrêmement fatigué et totalement insomniaque.

Mon doigt est coincé dans une petite pince en plastique pour contrôler la saturation de mon cœur. Dès que je me retourne pour prendre mon téléphone, elle se débranche et se met à sonner comme une alerte incendie. Le tensiomètre (me) gonfle toutes les dix minutes. Un bruit de sirène de bateau retentit et le brassard enfle autour de mon biceps. À chaque fois que je me lève, je fais un nouveau nœud entre les tubes des perfusions, le tensiomètre et la machine à mesurer le cœur. Comme sur scène avec les câbles de micro et la guitare. Ma tribu électrique de Dionysos, me voici embarqué dans un drôle de slam glacial. Continuez à jouer, je ne sais pas encore comment je vais me débrouiller, mais je reviendrai !

J'ai l'impression d'être dans la série *Docteur House*. Je n'ai jamais regardé un épisode jusqu'à la fin, j'aurais peut-être dû. Mon corps ne m'appartient plus. Je suis en train de me transformer en saucisse emballée sous vide.

En deux heures à peine, ce rodéo couché m'a foutu par terre. Un cheval migraineux galope entre mes tempes, piétine mes sinus. Comme annoncé, une légion de frissons bouffe mes omoplates. Il faut que j'appelle une infirmière.

Je me retourne pour atteindre la télécommande et la fais tomber par terre. Mais je ne dois rien ramasser au sol, il faut d'abord qu'on me la désinfecte. J'essaie de me lever pour actionner l'interrupteur avec mes tongs et je tire sur le fil de la pince qui me surveille le cœur. La machine se débranche et se met à sonner tel un réveil réglé pour tirer toute une ville du sommeil. J'ai beau piétiner la télécommande avec mes pieds, impossible de déclencher l'interrupteur. Une bulle d'air se coince dans le tube de ma perfusion, la machine pousse-seringue se met à sonner elle aussi. Symphonie pour sirènes d'alarme. J'ai mal au bulbe comme lors d'une cuite, mais sans alcool. Canada Dry sans Canada. Le tensiomètre se met en marche. Ça tombe bien, il manquait des fréquences basses. Je vais finir par la péter en deux, cette putain de télécommande. Dame Oclès se marre. Quand l'infirmière entre, je suis en train de défoncer la télécommande à coups de pied.

— Ouh là, qu'est-ce qui se passe ici ?

— Ça sonne partout et j'ai fait tomber la télécommande.

— Il faut y aller doucement quand vous vous levez, vous pourriez tomber…

J'esquisse un petit pas de danse. Les yeux de l'infirmière sourient, sans doute que sous le masque les lèvres aussi.

— Vous êtes un sacré numéro, vous ! dit-elle en manipulant les machines, arrêtant les sonneries et désemberlificotant les nœuds en plastique.

Elle m'a branché une petite poche de médicament pour calmer mes maux de tête, tout en me parlant tranquillement.

— Je vous ai coincé la commande dans le tiroir de votre table de chevet. N'hésitez pas à sonner si vous avez besoin de quelque chose.

— Merci beaucoup.

Sa gentillesse m'a apaisé. C'est une nymphirmière, elle s'y connaît en délicatesse. J'ai eu la sensation d'être un tout petit peu moi-même en la faisant légèrement rire.

The poetry of war

10 février 2014

Je suis ici depuis quatre jours. J'ai plutôt bien supporté le traitement au sérum antilymphocytaire. Hier, il a coulé dans mes veines jusqu'à deux heures du matin et on a enchaîné sur deux heures de transfusion de globules rouges. J'ai fait une petite sieste nocturne de quatre à six, et c'est reparti pour une nouvelle journée qui commence avec une prise de sang.

Quatre jours seulement que je suis là et déjà le monde extérieur devient une notion abstraite. Souvent, au fin fond de la nuit, une infirmière jette un coup d'œil à travers le store « pour vérifier que je respire ».

Je tiens ce journal comme le gouvernail d'un chalutier éventré. Une lampe à pétrole vacille entre mes genoux. Les déferlantes fracassent le corps des sirènes endormies contre la coque de mon esquif. Un orage gronde en silence à ma fenêtre. Les étoiles se décrochent du placenta céleste pour se planter une à une dans mon lit. « Ô Capitaine ! Mon Capitaine ! » disait Whitman. J'aurais bien besoin de me fabriquer de nouvelles armes hémato-poétiques. Un bouclier mental si puissant qu'il modifierait ma biologie. Le cœur et son armada de désirs à la rescousse du corps. *The poetry of war.*

J'observe mon reflet dans le miroir que j'utilise pour me raser. Mes joues sont devenues des bajoues. Ô joie de la cortisone, je suis en train de me transformer en hamster. J'aurais pu devenir une chauve-souris comme n'importe quel vampire, mais non, quand on est un petit roux, on vire plutôt hamster.

Tous les jours, Rosy traverse la ville et vient me sourire du bout des yeux. Avec son masque, sa charlotte et sa blouse de chirurgien, on dirait une pâtisserie sous vide qu'on me fait passer sous le nez sans même que je puisse humer son parfum de fleur d'oranger. Je me demande quand je pourrai la toucher, ne serait-ce que l'effleurer. Je ne sais même plus ce que ça fait, le contact de sa peau. Elle rigole quand je lui dis que je ressemble à un hamster. « Tu es très beau », dit-elle. Je sais bien que non, mais c'est bon quand même.

Quand les batteries de l'espoir se vident, elle se transforme en chargeur et remet mon cœur en route. La machine à pétiller de l'esprit s'ébroue par petits spasmes avant de retomber dans le sommeil lorsqu'elle disparaît dans le sas. La sensation de solitude grandit d'un seul coup. Le vide s'épaissit à en faire péter les fenêtres. Viennent alors les heures où je me demande pourquoi mon corps s'est retourné contre moi. Pourquoi Mr Hyde a-t-il fait la peau au Dr Jekyll ? Parce que j'ai l'alimentation d'un enfant de cinq ans qui aimerait le whisky ? Parce que je me suis trop brutalisé sur scène ? Quand je fracassais le micro contre mon sternum, est-ce que j'aurais défoncé ma moelle osseuse ? Ou bien serait-ce l'amour mal (di)géré le déclencheur ? Le fait de ne jamais savoir dire non et de me noyer dans le travail excitant ? Qu'est-ce qui s'est passé ?

À force de me cogner aux courants d'air, j'ai des taches violacées sur le thorax. On dirait un léopard rouge et très blanc.

Dame Oclès me tend son épée du côté de la poignée.

— Vas-y… Avec ça tu peux détruire toutes ces machines à la con ! Plus de bip-bip, le silence total… Mais attention, si tu te coupes, avec tes plaquettes basses, tu vas faire tout le boulot à ma place !

Je me saisis de l'épée. La colère m'offre un regain d'énergie. Je n'ai plus ressenti cette adrénaline rebelle depuis bien longtemps. Je me lève et me dirige vers Dame Oclès. Je vais lui couper la tête !

— Ah, mon pauvre… Tu ne peux pas me tuer, c'est toi qui m'as créée ! Tes propres anticorps te détruisent, ton sang ne vaut plus rien… Tu devrais être au festival de Berlin pour assister à la projection de ton film à l'heure qu'il est… Oh et puis tu vas rater New York, Los Angeles, Tahiti… enfin, tu iras pour le deuxième comme on te dit, n'est-ce pas ? Ah ah, il n'y aura pas de deuxième… Qu'est-ce que tu voulais faire après déjà ? Être père, c'est ça ?

Elle laisse échapper un rire. Je lance l'épée comme un javelot dans sa direction. Dame Oclès s'en empare au vol. Elle la lève au-dessus de sa tête et s'avance lentement vers moi.

— Et maintenant…

Une infirmière toute ronde entre dans ma chambre.

— Quelque chose ne va pas, monsieur Malzieu ?

— Je saigne un peu dans la bouche…

— Vos globules rouges et vos plaquettes sont arrivés, on va commencer la transfusion. Ça va aller mieux.

— D'accord. Merci.

Dame Oclès s'éloigne et range son épée dans son fourreau. L'infirmière fait de son mieux pour régler la machine qui ne s'arrête plus de sonner. J'apprends à ne pas détester ces outils. Elle me prépare les globules rouges, ça fait des bruits de paquet de bonbons.

— De quel groupe êtes-vous ? demande-t-elle.

— Dionysos, je réponds.

— Je parlais de votre groupe sanguin.

— Ah oui… O+.

Elle change le pansement de mon cathéter que j'ai défoncé en transpirant sur mon vélo. J'ai droit à l'« épilation gratuite » : cette expression est un classique que prononcent les infirmières avant de vous arracher un pansement et les poils qui vont avec. Celle-ci a une technique imparable pour que l'opération soit la moins douloureuse possible.

— Je ne vous fais pas mal ?

— Je sais ! dis-je.

— C'était une question, répond-elle en souriant.

— Et moi une réponse.

Elle a ce petit rire qui sonne exactement comme un rire qu'on pourrait entendre à l'air libre. Un rire de bar ou de cinéma. Petit éclat blanc à peine plus gros qu'un flocon fondu. Incongru et tendre au milieu des sonneries des machines.

Voir le sang neuf entrer dans mes veines ne m'effraie plus. Je me suis habitué à mon statut de vampire. Maintenant les transfusions ont tendance à me détendre. Dame Oclès est assise au bout de mon lit. J'envoie des textos à Rosy.

Les yeux de Rosy

14 février 2014

Mon amoureuse, c'est un peu une pin-up de coffre à gants. Sauf que je n'ai pas de voiture. Dans le livre des records, elle pourrait être championne du monde de chignon. Elle remet son titre en jeu tous les jours en changeant ses coiffures, même pour venir me voir à l'hôpital. Sa bouche est maquillée juste pour les quelques secondes où je vais la voir toute rayée à travers le store. C'est la Fashion Week avec une mini-mannequin paumée dans les couloirs d'une centrale nucléaire. Mais chaque soir lorsqu'elle disparaît, le poids du vide s'alourdit. Si seulement je connaissais la date de ma sortie, je concentrerais mon énergie sur la magie du décompte. Mais dans le cas présent, chaque jour passé est un jour en plus et je n'ai d'autres repères que mon vélo, ma toilette, mes piqûres et l'écriture.

Aujourd'hui a beau être le jour de la Saint-Valentin, il m'est interdit d'effleurer Rosy. Les doutes s'installent vite une fois enfermé en chambre stérile avec des fils partout et un petit bracelet en plastique siglé de son nom et d'un code-barres. La confiance en soi est ébranlée. Le désir amoureux, lui, devient nébuleux. Être malade, c'est se sentir comme un enfant et un vieillard en même temps. Être privé de vie sociale. Ne plus travailler. Dans le regard des uns ou l'intonation des autres, on se transforme en monstre fragile. Et surtout, on commence à se faire peur. Je cherche à rigoler un peu. Parfois, je ne trouve pas. Quelque chose de moi est encore dans ce sac plastique contenant mes vêtements d'avant. Mon identité est frelatée, chaque jour qui passe rend le combat pour rester moi-même plus difficile. Car désormais je suis un vrai vampire. Restent les coups de téléphone à mon père, ma sœur et quelques amis. Restent les yeux de Rosy.

Cuite au Coca light

20 février 2014

Il neige derrière la fenêtre mais un printemps de globules blancs semble s'annoncer dans mes dernières analyses. Les polynucléaires neutrophiles bourgeonnent sous le givre stérile. Je n'ai pas franchi ni même approché la porte de cette chambre depuis trois semaines. Mais si ces résultats se confirmaient, dans quelques jours on pourrait envisager de me laisser sortir dans le couloir. Voire me laisser sortir tout court. Pour cela, il faudra confirmer la sortie d'aplasie, c'est-à-dire un système immunitaire suffisamment actif pour me défendre contre les infections du dehors. Mais rien n'est garanti.

« Il faut être patient avec cette maladie », m'a glissé l'hématologue à voix douce qui vient m'encourager en essayant d'éviter que je ne m'emballe trop. Je crois qu'elle m'a bien cerné. Deux globules et demi et je me vois déjà repartir à ski.

En attendant, mon acuité aux jolies choses remonte : le spectacle magique d'une infirmière libérant sa crinière de la charlotte en papier est à peu près aussi fréquent que les aurores boréales dans mon quartier. Mais parfois, durant les changements de service, quand celles de nuit deviennent celles du matin, j'ai la chance de les apercevoir en train de se dé-déguiser. Les chignons qui donnent des formes coniques d'extraterrestres clonés reprennent vie comme par enchantement. Des rivières de cheveux coulent en un printemps vif. Explosion douce derrière les stores.

Ce soir l'une d'elles est entrée pour me prendre les constantes : tension, température et saturation du cœur. Comme à Sandra Bullock dans le film *Gravity* avant que sa navette soit pulvérisée.

— Vous avez besoin de quelque chose, monsieur Malzieu ?

— Oui… de bisous ! J'en ai marre de ne pas avoir de bisous !

Elle a rigolé derrière son masque et le lendemain soir, elle m'apportait une feuille de papier sous plastique avec écrit « Bonne nuit » et deux baisers rouges. Je les imagine, avec son aide-soignante, en train d'embrasser la feuille blanche, de la mettre dans le plastique avant de désinfecter la pochette. Puis d'enfiler masque, charlotte et blouse pour me l'apporter. L'humour du joli geste. Deux bouches en cœur qui vont aider mon esprit à chanter. Assouplir les nerfs par le rire. Je ne sais pas combien de fois j'ai dit merci. On se serait cru à un rappel à l'Olympia.

— Vous avez besoin d'autre chose, monsieur Malzieu ?

— Un steak haché, des frites et un bon Coca bien frais...

— Pour le steak haché et les frites, ça ne va pas être possible, mais pour le Coca, je vais voir ce que je peux faire !

Elle revient avec une véritable canette de Coca light. C'est si fabuleusement peu médical ! Cette typographie venue du monde extérieur, ces reflets de chrome et ce rouge acier... Le « clic » si agréablement familier du décapsulage ! Tremper mes lèvres, sentir l'effervescence des bulles sur ma langue, c'est mieux qu'un grand cru de Bordeaux. La première gorgée de l'élixir me donne l'impression de me retransformer en être humain. Je descends l'intégralité du contenu d'un coup. Je suis au bord des larmes pétillantes, les bulles me piquent les yeux. La joie... Je ne savais pas qu'une cuite au Coca light pouvait rendre si heureux.

Happy birds day, grande petite sœur

26 février 2014

Aujourd'hui, c'est l'anniversaire de ma grande petite sœur. Elle est inquiète comme une maman. Elle cache courageusement son angoisse au fond de sa gorge. Mais parfois je l'entends entre deux frottements de cordes vocales. Je lui aurais bien fait une surprise en débarquant chez eux avec un skateboard sous le bras.

Papa va venir demain, je suis heureux à l'idée de le voir mais terriblement inquiet de sa réaction. J'ai peur qu'il soit impressionné par l'arsenal de perfusions et le fait d'avoir à enfiler une tenue de cosmonaute pour visiter son petit. Il va être confronté à cette réalité impossible à accepter : son fils est devenu un vampire. Et il ne va peut-être pas s'en sortir.

Pour échapper à l'uniforme de malade longue durée, je porte un T-shirt blanc cent pour cent coton qu'ils ont accepté de cuire comme un gâteau pour le stériliser. On dirait un déguisement de flocon de neige. Un de ceux qui tombent mais ne fondent pas. Je me suis endormi en plein après-midi et j'ai explosé mon cathéter. Ça saigne comme si je venais de prendre une balle dans l'épaule sur mon T-shirt blanc. Peut-être que j'ai fait un rêve de western où je me battais avec moi-même. À moins que j'aie explosé la vitre pour grimper sur le toit de l'hôpital, tel Tom Cloudman* ? Non. Rien de si fantasque malheureusement. J'ai juste dormi un peu trop appuyé sur mon épaule gauche.

La chef de clinique vient me réparer ça à coups de points de suture et de liquide désinfectant. Quand elle parle, le masque devant sa bouche se plie comme le bec d'un canard en papier. Elle est très attentionnée et moi je ne pense qu'à cette histoire de canard.

Rosy aussi se prend la réalité du quotidien en pleine face, même si je fais de mon mieux

* Tom Cloudman est le héros de mon troisième roman, *Métamorphose en bord de ciel*. Il est le plus mauvais cascadeur du monde, un homme-enfant coincé dans un hôpital qui fera tout, coûte que coûte, pour s'envoler.

pour la protéger. Où en sont ses rêves ? Sa vie à elle au-delà de moi ? Que reste-t-il de l'espoir ? Que se passe-t-il dans sa tête lorsqu'elle quitte ma chambre et rentre chez nous toute seule ? Arrive-t-elle à apprivoiser le fantôme qui l'attend dans notre lit ?

Ici c'est le pays des canards et de la pédagogie. Les infirmières portent des armoires à glace émotionnelles sur leur dos en souriant. Ce sont les grandes déménageuses de l'espoir. À elles la lourde tâche de diffuser quelques bribes de lumière aux quatre coins de l'enfer, là où les anges perdus font du stop à main nue. Comme avec les médicaments, elles doivent en ajuster constamment le dosage. Elles sont cigognes-mamans-nymphes-filles. Elles gagnent à être (re)connues.

Le printemps des globules

27 février 2014

Je galopais sur mon vélo immobile lorsque l'hématologue et sa suite sont entrées dans ma chambre. Un vieux disque de Folk Implosion* envoyait ses ondes électrisantes jusqu'au fond des muscles de mon cerveau. Peut-être qu'avec la musique, je ne les ai pas entendues frapper. Je me suis retourné. Il y avait des visages démasqués plein la chambre, comme si le monde extérieur avait eu une fuite. « Vos globules continuent de remonter, on suspend l'isolement. Si les blancs se stabilisent, vous sortez dans quelques jours. » Joie sourde, comme le jour où je suis parvenu à convaincre un capitaine de l'armée française qu'il valait mieux

* Grand groupe de rock miniature, apôtres du fait-maison ludique.

honorer mon contrat de maison de disques plutôt que de faire mon service militaire. J'aurais voulu hurler à genoux tel Yannick Noah lorsqu'il a gagné Roland-Garros en 83. Je me suis retenu.

Avec leur masque en papier comme un collier autour du cou, on aurait dit un accueil à la tahitienne. J'ai eu droit à un petit défilé du personnel soignant venu me transfuser en sourires. Certaines d'entre elles étaient agréablement méconnaissables sans leur déguisement. J'ai eu envie de les prendre dans mes bras façon équipe de foot après un but en Coupe du monde.

C'est le début d'une nouvelle aventure. J'ai mangé dans une véritable assiette plutôt que dans un bac en plastique. Je suis sorti de la chambre en traînant ma lourde machine par-delà les couloirs nucléaires. J'ai pris une putain de douche que j'ai vécue comme un plongeon dans un lagon aux embruns chamarrés de liquide désinfectant. J'ai pensé aux baisers de Rosy, au Coca dans le frigidaire, à ma guitare folk et à ce sac en plastique rempli de mes habits d'avant : je vais pouvoir à nouveau me déguiser en moi.

Je me rase. Fini la barbe de Robinson Crusoé. Terre en vue. Père à l'approche et souvenir de mère agitée qui remonte.

Papa entre dans la bulle. C'est difficile de le voir ici, avec une charlotte sur la tête. J'aimerais lui dire que je peux me débrancher, m'habiller et aller faire un tour avec lui dans le quartier.

« Peut-être que je sors dans quelques jours. » Je n'ai rien de mieux à proposer pour l'instant. Ça me secoue de le sentir secoué. Il est en état de sidération derrière son masque, même s'il ne montre rien. Je suis son fils. J'ai quarante ans mais je reste « le petit ». Atteint d'une maladie grave. L'ordre des choses est brutalisé.

J'ai perdu ma mère le jour où il a perdu sa femme. Sa mère à lui est morte en couches en pleine Seconde Guerre mondiale alors qu'il n'avait que quatre ans. Sa sœur, il l'a perdue avant de la connaître. Maintenant, il doit faire le père et la mère pour son fils malade. J'ai une sœur, et lui une fille, qui endosse des responsabilités de mère. Elle écope ce bateau familial troué avec une énergie de guerrière. Le fantôme de ma mère plane. Ici, il pèse plus lourd que d'habitude. D'où l'importance de parler football. De basculer dans une réalité allégée. Le sport est le ciment de notre complicité père-fils depuis l'enfance. Encore aujourd'hui, nous nous appelons pour débriefer à la mi-temps des matchs importants. En tournée, malade, amoureux ou les trois, c'est un rituel immuable. À travers le football, il m'a transmis une passion et des valeurs qui me servent sacrément ces jours-ci. Le dépassement de soi, l'esprit d'équipe, le panache. Et apprendre à perdre sans se décourager…

Le vent mauvais

28 février 2014

Papa est reparti et soudain le vent dans la bulle a tourné, emportant sur son passage un bon paquet de bourgeons du printemps des globules. Il me fallait plus de 500 polynucléaires neutrophiles dans le sang pour sortir. J'étais presque à 1 000 il y a deux jours, à 650 hier et à peine à 300 aujourd'hui. En ce qui concerne le risque infectieux, je retourne dans la zone rouge. D'après l'hématologue à voix douce, mes globules seraient remontés artificiellement du fait des corticoïdes, mais ne se seraient pas stabilisés.

Retour à la case départ : les plaquettes vont être rechargées cet après-midi, les globules rouges aussi. Mais tout cela est bien fragile... Les nymphirmières sont venues me prêter main-forte avec leurs yeux et leurs voix de sirènes. À la lueur des démons, je rêve de me lever en caleçon chez moi, de jouer un peu de ukulélé en sourdine et d'aller me recoucher, relié par aucun fil. Blottir mes plantes de pied glacées contre les mollets de Rosy. Je me voyais déjà foutre le pyjama à la poubelle, aller voir mon film au cinéma. Acheter ma place peinard et manger du pop-corn devant les bandes-annonces. Accomplir ce rêve d'enfant resté en suspension. Je m'y voyais déjà, alors mon cœur s'empale un peu. Sans doute un truc de vampire amoureux.

Même le vélo-galop, il va falloir que je dose. Mes globules rouges étant trop bas, je manque d'oxygène dans le sang. J'en ai des crampes partout. Je n'ai pas envie de prendre le téléphone pour annoncer ces mauvaises nouvelles. Mon père, ma sœur et Rosy espéraient tellement que je sorte… C'est un grand dimanche de défaite en championnat de foot-bulle. Je ne sais pas jouer le match nul. Je ne sais qu'avancer ou ultra-perdre et aujourd'hui, je me suis un peu perdu.

Feuille morte

1er mars 2014

La baisse des globules blancs se confirme. Il ne m'en reste plus que 200. Mon système immunitaire est en train de s'éteindre. Les infirmières ont remis les masques ce matin. J'ai pu prendre une dernière douche en vitesse.

Me voilà donc reparti pour un (mauvais) tour. C'est à nouveau la surveillance maximale, le tensiomètre autour de mon bras toutes les dix minutes et la machine à contrôler le cœur. Le château de cartes que j'escalade à mains nues vient de s'écrouler en un souffle.

Et je m'en vais
Au vent mauvais
Qui m'emporte

Deçà, delà,
Pareil à la
*Feuille morte**.

* Extrait de « Chanson d'automne », de Paul Verlaine, dont j'ai adapté quelques vers dans le nouvel album de Dionysos, *Vampire en pyjama.*

Western sous la pluie

2 mars 2014

L'espoir s'est foutu de ma gueule, alors la colère le remplace. J'ai fait le prisonnier médical sérieux, j'ai bu du potage dégueulasse et je n'ai mordu personne. J'ai purgé ma peine de trois semaines bien sagement et pourtant je suis toujours là. On ne me communique pas le verdict, peut-être parce que personne ne le connaît vraiment.

Combien de temps-prison encore ? « Peut-être des mois », m'a dit l'interne. Combien de mois ? C'est quoi, une perpétuité déguisée ? Une condamnation à mort ? Le principe de réalité est si lourd que je n'ai même plus le goût de rêver. Les remèdes magiques de l'imagination ont échoué.

La nuit s'avance. Rosy, ma boxeuse aux cheveux de sirène, est sonnée. Elle ne le montre pas mais je le vois bien. Elle a pris un mauvais coup, à préparer mon retour dans l'appartement et dans sa tête. La lune n'est pas pleine, mais les étoiles coulent dans mes veines. Je me relève de mon pré-cercueil, un souffle de bouquet final s'empare de moi. Dame Oclès danse et frotte sa peau de serpent glacée contre la mienne. Quelque chose en elle m'électrise.

Je remonte sur le vélo, mets mon casque pour écouter la musique d'un vieux western. Immobile, je galope. Des gouttes de sueur perlent sur mon front, tout ce qui me permet de me sentir vivant est bon à prendre. Je cherche à réintégrer mon corps, même s'il est piégé. Je galope encore, les yeux plantés à l'horizon. J'ai envie de tout débrancher et de m'échapper. Tant pis pour les transfusions. Je m'approvisionnerai à l'ancienne, dans le cou des filles. J'essaierai de ne pas planter mes canines trop profondément.

Dame Oclès fait glisser son épée sur le haut de mon crâne.

— Je n'ai plus peur de toi !

— Parfait, tu es donc prêt à mourir…

Je soulève un vieux rêve rouillé : couper le cordon de la perfusion et enfiler ma panoplie d'homme normal remisée dans l'armoire en formica. Descendre l'escalier silencieusement, en chaussettes. Traverser le service des urgences à l'envers et me retrouver dans la rue. M'asseoir sur un trottoir et enfiler mes chaussures en respirant le grand air de la nuit. Ne pas marcher sur le tube en plastique tout de même. Cavaler seul, héler un taxi qui ne s'arrêtera pas. Entrer dans une brasserie, commander plusieurs portions de frites, tous les Coca imaginables, et une bouteille de whisky.

Peut-être mordre, en tout cas embrasser. Raconter mon histoire à un vieux qui s'en fout. Appeler les copains et leur donner rendez-vous. Leur mentir pour la nuit en leur expliquant que je suis sorti. Enlever ma veste entre deux grands éclats de rire enroués et voir. Le tube en plastique sectionné fait « ding » en percutant le bord de l'assiette en porcelaine. *La* mineur, je dirais. « Vous vous êtes échappé de l'hôpital ? » demande une jolie serveuse, inquiète.

Partir en courant au ralenti, essoufflé comme une vieille chèvre. Profiter d'un feu rouge pour attaquer un taxi. Menacer le chauffeur avec un pistolet à urine : « Tu me ramènes chez moi, ou je te verse ma pisse dans les yeux. » Le chauffeur qui plante un coup de frein devant un poste de police. Sauter de la voiture et rouler sur le bitume. Saigner des geysers par le coude. Croiser le regard d'une fille un peu saoule sur le passage piéton : « Hey, tu serais pas le chanteur de Mickey 3D ? » La mettre en joue avec mon pistolet à urine. Ne plus avoir la force d'attaquer un autre taxi, ni d'en commander un. Sentir le vague à larmes qui monte. Vouloir retourner à l'hôpital et ne pas être si mal dans ce lit. M'assoupir quelques secondes et glisser dans les songes d'un western sous la pluie.

Le retour du Jeudi

10 mars 2014

Après une nouvelle semaine à pédaler dans le vide sur mon vélo immobile, le professeur qui dirige le service est entré dans ma chambre pour faire un point sur la situation.

Il m'explique que les globules blancs ne remontent pas aussi vite qu'il l'espérait, mais qu'il y a quand même du mieux. L'effet cumulé du sérum antilymphocytaire et de la ciclosporine n'est pas immédiat et varie selon les cas. Si dans quatre à six mois je suis encore un vampire dépendant des transfusions, on essaiera un second traitement antilymphocytaire. Il parle à nouveau de greffe. « Nous allons relancer les recherches pour un donneur, mais il y a 60 % de chances que vous n'en ayez pas besoin… si vos polynucléaires neutrophiles se stabilisaient, on devrait même pouvoir vous faire sortir dans quelques jours. »

Je suis devenu super-superstitieux. Chat échaudé craint… de ne plus avoir droit à une douche chaude. Je sens la joie se former au fond de mon esprit, mais quelque chose en moi refuse de la laisser affleurer. Peur de retomber, même de pas très haut. Je n'ose pas téléphoner cette bonne nouvelle à mon père et ma sœur. Mais je le fais pourtant, et même si je mets des bémols partout, une petite musique de l'espoir s'insinue. Entre les stores, le sourire de Rosy. Le rouge à lèvres presque aussi effacé par le masque que si nous nous étions embrassés. La voir disparaître dans le couloir à ombres est un peu moins douloureux ce soir. Les nymphirmières qui ne s'alarment jamais continuent leur travail d'antisape. Viennent parler. Remplacent la poche à perfusion d'antibiotique. Prennent ma tension. Font attention à ce que je ne devienne pas qu'une machine à imaginer le superstitieux. Infiltrent de la réalité douce.

Pendant ce temps, le printemps vient se la péter sous ma fenêtre. Le soleil offre son décolleté de lumière derrière la vitre, je peux presque le caresser. Je veux être ébloui à m'en cramer la rétine. Je suis un vampire qui aime la lumière car le souvenir de mes sensations d'être humain n'a pas totalement disparu. Respirer l'odeur du vent, avec ce goût de châtaigne et de feuilles mortes. Planter un stéthoscope dans les nuages pour écouter le bruit de la pluie qui se fabrique. Manger les derniers flocons de l'hiver à même le ciel. Et ce dont je rêve par-dessus tout : aller chercher le pain, manger le quignon en marchant et acheter les journaux.

Dans ma guerre des étoiles à moi, c'est vraiment le retour du Jeudi. Il est question que je sorte demain ! Les polynucléaires neutrophiles se stabilisent au-dessus de 500. Un équilibre précaire certes, mais qui va me permettre de quitter la chambre stérile et ses machines infernales, quitter l'hôpital même, pour enfin rentrer chez moi.

Dernière discussion nocturne avec les nymphirmières. C'est un nouvel espoir que de ne plus les voir alors que je les aime. Je suis un vampire de l'amour. Elles sont des cigognes. Des passeurs de ballons fragiles. Elles accompagnent les patients du début à la fin. Elles disent que c'est normal, que c'est leur métier. Araignées tisseuses de coton adoucissant les angles acérés de la bulle, je ne vous remercierai jamais assez.

De l'autre côté du miroir

12 mars 2014

Je viens de passer cinq semaines enfermé dans une chambre stérile.

J'aurai pleuré deux fois. Quand j'ai appris la mort de l'homme qui avait la classe en jogging, puis quand j'ai eu le droit de toucher la main de Rosy. Ce petit miracle doux et chaud ravive des souvenirs de sensations enfouies. C'est comme réentendre une chanson qui vous rappelle une époque heureuse.

Aujourd'hui, je sors ! Robinson Crusoé est de retour dans la grande ville !

Certes, Dame Oclès rentre avec moi. Je n'ai qu'une chance sur deux de guérir et, quoi qu'il arrive, le chemin sera long. Je devrai revenir en hôpital de jour au moins une fois par semaine. Mais tout de même, quelle libération !

La joie d'enfiler des chaussettes, de se sentir un peu moins petit avec des chaussures ! Et le manteau pour aller « dehors ». La panoplie du déguisement en moi-même est complète. Franchir la porte. Entrer dans le sas de décompression. Décompresser. Me voici de l'autre côté du miroir. Regarder ma chambre vide par la petite fenêtre et son fameux store. Pleurer comme un arrosage automatique. Embrasser Rosy dans l'entre-deux-mondes, devant la porte de la chambre. Être presque étonné de maîtriser l'art du baiser. Se sentir investi d'une force nouvelle. Plus puissant et plus fragile que jamais.

Marcher tout droit dans le couloir et sortir du service de soins intensifs. Impression d'avoir rapetissé, tout me semble immense. Je suis dans *Alice au pays des merveilles* ! Le lapin qui arrive pour une fois à l'heure, c'est ma sœur ! Pile-poil le jour de l'échappée belle ! L'ascenseur, c'est le trou dans le jardin qui mène au pays extraordinaire du rez-de-chaussée. La boutique en face de la polyclinique avec ses croissants pas terribles, ses boissons semi-fraîches et ses journaux de la veille… Tout est extraordinaire ! Le nid vrombissant du monde, ces gens sans blouse, sans masque…

Avaler un rayon de soleil sur le parking et s'enfoncer dans le siège de la voiture marrante de Rosy. Traverser une jungle de klaxons. Se faire arrêter par la police parce que la plaque d'immatriculation est tordue. S'apercevoir que le contrôle technique n'a pas été actualisé. « Je devrais immobiliser votre véhicule… », dit l'agent avec ce ton de jubilation moralisatrice qui ne bougera pas d'un iota même lorsqu'on lui expliquera le contexte. Peut-être un soldat de la Reine rouge. « D'accord, mais vous n'avez pas fait le contrôle technique… » Rosy s'énerve, elle qui a gardé son calme pendant cinq semaines. Une morale automatique plus tard, le policier nous laisse filer.

Arriver enfin jusqu'à l'appartelier, soigné par Rosy pour aimanter mon retour. Là, c'est le royaume de la Reine blanche. J'ai l'impression d'être invité chez moi. Il y a un vélo monté pour continuer de me dégourdir les jambes, des gourmandises partout comme si c'était Noël et Pâques en même temps. Ma guitare et mon ukulélé prêts à l'emploi, et des sièges tout neufs. Ma sœur se met à faire des crêpes. Joyeux non-anniversaire à moi ! Je suis le chapelier fou de joie. Je goûte à tous les desserts en entrée. Meringues au chocolat, thé à la menthe et White Stripes. J'en ai oublié de regarder la Ligue des champions tellement j'étais content de passer la soirée avec les deux femmes de ma vie, à faire le vampire des spaghettis.

Puis, je me glisse dans le lit, avec une bouillotte vivante contre le ventre. Je retrouve les parfums de lessive et la chimie des peaux. Tout le corps se réveille, le gel stérile se craquelle doucement. J'ai l'impression que j'ai quitté l'hôpital depuis longtemps.

Le normal extraordinaire

13 mars 2014

Il faut que je me rééduque au normal extraordinaire tout en intégrant la maladie dans le quotidien. Médicaments, pansements, visites à l'hôpital et précautions d'explorateur en jungle équatoriale dans sa propre salle de bains. Apprendre à sortir des orties. Jouer à l'auto-infirmier avec des compresses et du liquide désinfectant. Flipper comme un débutant. Il n'y a plus d'infirmière au bout de la sonnette, il faut se réhabituer à l'autonomie.

Jouer de la guitare. Du bout des doigts, pour ne pas se faire mordre par les cordes. Faire du vélo-galop dans mon appartelier. Le même qu'à l'hôpital. Trouvé par Rosy, monté par mon père. Grignoter d'autres horizons. Dévorer la peau de yaourt à la vanille de Rosy. Marcher sur des œufs pas très sûrs d'eux. Partir à l'aventure dans le quartier la nuit, emmitouflé comme un nouveau-né. Ne rentrer nulle part pour éviter mes ennemis mortels : les microbes et les virus. Car mon taux de globules reste à la limite de la zone rouge. Manger des croissants. Écouter le vent venu de la rue et son flux pétillant de moteurs, de rires et d'engueulades. Joie violente en sourdine. Superstition. Peur d'avoir à y retourner. On vient de me déplâtrer le corps, il est libéré mais fragile. Je vais sur Facebook et je mange des gâteaux, mais je suis toujours un vampire.

Happy Funeral

16 avril 2014

Je suis rentré depuis plus d'un mois. Les taux de globules sont stables mais ne s'améliorent pas. Je suis toujours dépendant des transfusions. La recherche d'un éventuel donneur se poursuit. « On n'en est pas là, ce traitement peut prendre jusqu'à six mois pour faire effet. Tant que cela ne se dégrade pas, c'est plutôt bon signe », me dit l'hématologue à voix douce qui est devenue une sorte d'amie en blouse blanche.

Mais l'idée d'une greffe de moelle est évoquée de plus en plus souvent. Chaque semaine, j'attends mes résultats d'analyses comme le tirage du Loto, avec une pointe d'espoir mais sans trop y croire. Papa téléphone tous les jours, et me demande : « Alors ? » J'aimerais donner de bonnes nouvelles, mais je n'en ai pas trop, alors on parle de la Coupe du monde au Brésil cet été.

Je dois le plus possible rester enfermé chez moi, mais les conditions de détention ont l'avantage d'être agréables. Je peux embrasser, manger des raviolis frits et chanter avec mon ukulélé. Les jours rallongent et j'ai repris le skateboard. C'est la seule entorse au contrat médical que je m'autorise. Si je ne tombe pas, c'est sans danger. Surfer le bitume de l'avenue Daumesnil me donne l'impression d'être revenu parmi les vivants. C'est mon petit défi hebdomadaire que d'aller me faire transfuser en skate. En rentrant, je passe un peu de temps à la librairie Shakespeare and Company, recommandée par Clémence qui s'y connaît en Poésie*. Être entouré de livres me réconforte, cet endroit est une caverne d'Ali Baba pour qui aime lire. On se croirait dans un grenier magique, à l'intérieur d'un arbre dont les feuilles seraient des livres. J'ai trouvé mon église, j'y dissous une partie de mes angoisses. Ici, je peux vénérer peinard les dieux que je choisis : Jack Kerouac, Roald Dahl, Richard Brautigan ou Walt Whitman. Je ressens un plaisir religieux et ludique à essayer de lire les originaux de ces

* Clémence Poésy, amie-comédienne voisine. Dynamiteuse créative tout autant que grande supportrice de l'écriture de ce livre.

auteurs. Les livres ne me donnent pas l'impression que je suis malade et les gens de la librairie ne semblent pas effrayés par les vampires qui restent assis des plombes dans une *poetry room*. Ce grenier magique est tenu par une certaine Sylvia Whitman. Même prénom que ma mère, même nom qu'un de mes apôtres de l'espoir préférés. J'aime imaginer qu'elle est la petite-fille de Walt. Sylvia a quelque chose d'un ange qui vivrait bien sa nouvelle condition d'humain. Une intelligence pétillante de douceur. Et tout le monde autour d'elle flotte dans cet humour décontracté. Même le chien a l'air d'avoir lu Shakespeare, et le chat blanc qu'on peut croiser à l'étage est si mystérieux qu'il semble écrire lui-même des poèmes.

La librairie se trouve à mi-chemin entre l'hôpital et l'appartelier. Ici, je parle anglais avec mon accent du Midi. J'explore chaque recoin, joue quelques notes sur le piano désaccordé. La musique de la langue étrangère me dépayse. J'achète des livres que mon anglais ne me permettra pas forcément de comprendre, je deviens un aveugle qui insiste pour aller voir la mer.

Aujourd'hui, c'est mon anniversaire. Quarante ans. Je ne sais pas encore en quoi je vais me déguiser. J'ai déjà fait Jedi, Spider-Man, homme-horloge et tout petit géant. C'est compliqué d'être seulement soi mais maintenant j'ai envie de me déguiser en moi. Mes amis m'ont concocté une surprise. Ils m'attendent chez moi. Mon père est là, Rosy sourit, il y a des crêpes et des instruments de musique. Ça chante et ça fait des percussions sur des casseroles. On dirait un goûter de fin d'année dans une classe de CM2. Je passe un de ces vrais bons moments où j'oublie la maladie. Jusqu'à ce que la fatigue me rattrape. J'ai beau siffler Coca sur Coca, le rythme est trop élevé pour moi. J'ai cent quarante ans tout d'un coup. Je suis heureux de les voir tous et l'attention me touche, mais j'ai envie d'aller me coucher. Je dois être en pleine descente d'hémoglobine car mes bras pèsent une tonne. J'aimerais que mon enterrement ressemble à ça : des amis, des jolies filles et des gâteaux. C'est assez troublant de se dire qu'à part moi, tous les gens présents aujourd'hui le seraient sans doute à mes funérailles.

— *Happy Funeral*, me chante Dame Oclès avec sa voix de Marilyn.

— Ce n'est qu'un anniversaire…

— Oui, mais c'est le dernier, alors profites-en bien !

Eggman Records

1er juin 2014

Les beaux jours sont là, la Coupe du monde de football approche, j'écris de nouvelles chansons et je m'accroche à mon élan. Mais les globules ne veulent toujours pas remonter. Le traitement que j'ai reçu en février ne fonctionne pas. Sur les bilans d'hospitalisation, il est désormais écrit : « Aplasie médullaire réfractaire. » Les transfusions et la prison douce me maintiennent en vie, mais le fantôme de la greffe s'épaissit de jour en jour. Toujours pas de donneur. Contrairement à ce que les gens racontent, on ne peut pas rester éternellement un vampire. À force de recevoir le sang des autres, mon corps stocke du fer en trop grande quantité. Je dois désormais me piquer tous les soirs dans le ventre et garder une petite poche de transfusion portative pendant les douze heures qui suivent. Un produit censé me dérouiller, au sens propre comme au figuré : éliminer l'excédent de fer engendré par l'accumulation des transfusions. Du coup, je dois porter le genre de banane que même au ski à l'époque des combinaisons fluo des années 1980 j'aurais eu du mal à assumer. Parfois, lorsque je retire l'aiguille au petit matin, je me mets à saigner. La première fois j'ai paniqué. J'apprends à ne pas me laisser impressionner désormais.

Ne pas déprimer est un jeu compliqué lorsqu'on est condamné à tourner en rond. J'installe une salle de projection miniature dans ma chambre. Un assez grand écran, quelques vrais sièges de cinéma pour les copains, des machines à pop-corn et à barbe à papa. Un service de rêves à domicile. Tous les moyens sont bons pour éloigner Dame Oclès. Ma collection de skateboards est transformée en étagères, les skatagères. Hérisson et écureuils en plastique y sont fièrement exposés. J'ai aussi adopté l'énorme ours en peluche qui était abandonné dans la cage d'escalier. Je l'ai suspendu au plafond. L'appartelier commence à ressembler à l'intérieur d'un Kinder Surprise. Un cabinet de curiosités dont je suis le plus étrange sujet. Ça fait sourire l'infirmière qui vient me piquer de temps en temps. Lorsqu'elle sort le matériel médical au milieu des pianos jouets et autres ukulélés, le contraste est saisissant.

J'ai la rage de créer. Mettre à distance la réalité pour mieux l'affronter m'est aussi vital que les transfusions de sang. Pour ne pas sombrer c'est l'urgence au jour le jour. Impossible de me projeter. Ma vie est régie par la contrainte, l'attente et le flou. En réaction j'ai besoin de spontanéité. J'ai commencé par imaginer une émission télé filmée depuis mon appartelier, ou un blog, mais je voulais quelque chose de plus physique, immédiat et palpable. Puis j'ai eu le déclic...

Un peu plus tôt, je m'étais offert un siège en forme d'œuf géant. Je rêvais d'avoir ce truc depuis des années. C'est immédiatement devenu ma cabane d'écriture, le belvédère de mes mondes imaginaires. Intérieur rouge comme les sièges de cinéma, extérieur blanc comme une table laquée des années 1970. On passerait des nuits à y dormir assis, tellement on y est bien blotti. J'y écris, dors, lis, chante, écoute de la musique, fais des bisous et mange pas mal de petits gâteaux. Je m'aperçois qu'à l'intérieur de l'alcôve le son est extraordinairement doux. Je me dis alors qu'il faut enregistrer dans cet œuf. Tant pour y capter ce son si particulier que pour la dimension ludique.

Je cuisine mon imaginaire dedans, je le secoue et le mélange au réel. J'y sauvegarde ma capacité d'émerveillement, je la protège des tsunamis de doutes qui coulent dans mes veines. J'y abrite ce qu'il me reste de rêves. Rêves qui deviennent réalité lorsque je décide de fonder avec l'inestimable aide de Rosy et de Don Diego 2000* le label Eggman Records. L'idée : sortir des vinyles tels des polaroïds, et pas n'importe lesquels, ils seront blancs comme la coquille de l'œuf avec le centre rouge comme le tissu qui tapisse le siège. Du fait-maison collector.

J'ai toujours adoré le format vinyle. Il faut sortir le disque de la pochette, puis de sa sous-pochette avant de le placer sur la platine. Poser délicatement le diamant sur le sillon. J'aime ce petit rituel qui implique un rapport particulier à l'écoute, comme une discussion avec un ami. Mon plan pour résister aux cataclysmes : la gourmandise créative ! *We cook vinyl*, telle sera la devise d'Eggman Records. Faire des disques comme on se ferait à manger. Les sessions se dérouleront comme des goûters. Clémence Poésy ou mon hématologue à voix douce, le violoncelle ou le ukulélé, tout le monde dans l'œuf, logé à la même

* Ami et manager du groupe Dionysos atteint de dyslexie poétique. La chanson et la nouvelle « Don Diego 2000 » sont inspirées par lui.

enseigne ! Je m'en réjouis déjà. Ce sera artisanal. Des crêpes et de la poésie. Des lectures accompagnées par tout ce qui tombe sous la main, piano jouet, casseroles… Autogreffe de joie !

Je veux cracher un dernier bouquet d'étincelles avant l'hiver, quoi qu'il arrive. Parce que je ne sais pas de quoi demain sera fait, je ne peux pas attendre de faire un nouvel album avec le groupe, un livre et encore moins un film. Alors je m'accroche à ce journal d'un vampire en pyjama au jour la nuit et enregistre chansons et poèmes dans mon siège-œuf : le plus petit studio jamais recensé. Ce rêve instantané répond à ma consignation à domicile. C'est se fabriquer l'outil pour partir à l'aventure à la maison et aller pêcher l'improvisation et le partage, tout ce qui m'est interdit à l'hôpital. Voyager de chez moi, voyager chez moi. Question de sur-vie.

Donneur

12 juin 2014

Je viens de rater l'appel de mon hématologue à voix douce. Je n'ose pas écouter son message tout de suite, car il s'agit enfin de savoir si oui ou non ils ont trouvé un donneur de moelle osseuse compatible. J'attends ce verdict depuis longtemps. Toutes les semaines, à l'hôpital de jour, on me dit : « On saura la semaine, prochaine. » Aujourd'hui, on va savoir pour de bon. Ce sera le résultat d'une recherche sur le fichier mondial. Je me sers un petit Coca et des Granola pour faire semblant de fêter ça. Je m'installe dans le cocon protecteur de mon siège-œuf. Rien de grave ne devrait m'arriver tant que j'y suis blotti. Je fais jouer les chansons enregistrées de mon piano jouet, le son de boîte à musique m'apaise. Je pose mon ordinateur sur les genoux et branche la webcam pour voir la tête que je vais faire si on m'annonce que j'ai un frère de sang. On peut ajouter des effets sur l'image, me voici avec des petits oiseaux bleus qui tourbillonnent au-dessus de mon crâne. On se croirait dans un Disney qui se passe en vrai.

Enfin, j'appuie sur le haut-parleur de mon téléphone et me résous à écouter le message : « Bonjour, monsieur Malzieu. On arrive à quatre mois du S.A.L. (le sérum antilymphocytaire avec lequel on m'a traité au mois de février), le professeur Peffault de Latour que vous aviez vu (le spécialiste des greffes à Saint-Louis) conseillait d'attendre au moins six mois, ce qui fait toujours partie des recommandations, mais on voudrait rediscuter un peu de la suite, parce que finalement les options étaient la greffe, en sachant que pour l'instant on a du mal à trouver un donneur… »

Du mal à trouver un donneur ? Donc ils n'en ont pas ?

Une comptine guillerette enveloppe la pièce. Je continue d'écouter le message : « L'autre option, c'est de refaire une cure de S.A.L. avec un produit différent de ce que vous avez eu. On aurait aimé rediscuter avec les greffeurs pour voir les possibilités de donneurs… Ce serait bien que vous revoyiez le professeur Peffault en consultation, car pour un médecin, c'est toujours mieux d'avoir le patient en face pour évaluer un peu les choses, voir où vous en êtes… Ce sera plus commode pour le docteur Peffault de prendre une décision qui ne sera pas forcément facile (!). N'hésitez pas à me rappeler pour avoir des petits éclaircissements sur tout ça, ou essayons de trouver un moment la semaine prochaine, c'est toujours mieux d'en parler de vive voix… Sinon, j'espère que la transfusion s'est bien passée. À bientôt… Au revoir. »

Le juke-box de musique mécanique continue son récital joyeux. Les oiseaux électriques tournent au-dessus de ma tête.

En clair, le S.A.L. ne fonctionne toujours pas, et d'ici deux mois je vais avoir besoin d'une greffe mais je n'ai pas de donneur. Solution de repli : un deuxième sérum antilymphocytaire, avec seulement 30 % de chances de réussite. Ne reste donc plus qu'à prier pour que le premier S.A.L. se mette à fonctionner en fin de parcours ou que quelqu'un de compatible avec moi se décide à s'inscrire dans le fichier mondial de donneurs de moelle osseuse. Une chance sur un million, c'est la statistique officielle. En plus je ne sais pas prier.

Une sorte de stress flou m'envahit, mais je garde mon calme. La Coupe du monde de football commence au Brésil, c'est pas le moment de déconner. Le premier 45 tours d'Eggman Records est prêt, le son, les photos, l'association… tout prend forme. Bien sûr, on en trouvera toujours pour venir s'essuyer les pieds sur vos rêves : « Des vinyles ? Mais plus personne n'écoute de vinyles » ou : « Mais ça va te fatiguer tout ça, non ? » Ils ont raison au fond. C'est d'ailleurs exactement parce qu'ils ont raison qu'ils ne prennent pas en compte la passion.

Receveur

15 juin 2014

Alors j'ai eu ce rendez-vous de science-fiction très humaine avec le professeur spécialiste de la greffe de moelle osseuse. Comme lors de la première consultation, il a posé clairement les enjeux : n'ayant pas trouvé de donneur entièrement compatible sur le fichier mondial, deux « solutions » de traitement sont envisageables. Il ne me laisse pas le temps de m'appesantir sur la mauvaise nouvelle qui se confirme et m'embarque directement vers deux autres alternatives. La première consiste à me greffer avec un donneur pas tout à fait compatible (compatible à neuf dixièmes). C'est-à-dire une vis légèrement trop grosse ou trop petite pour entrer dans le pas de vis de ma moelle osseuse. Il s'agit d'une greffe risquée, mais pas impossible. La seconde consiste à me greffer du sang de cordon ombilical. Une technique dont je n'avais jamais entendu parler jusque-là. Et pour cause, elle est assez récente*.

— Le sang contenu dans le cordon contient les cellules souches capables de se transformer en cellules de moelle osseuse pour la reconstituer. L'avantage : c'est moins contraignant concernant la compatibilité entre le donneur et le receveur qu'une greffe classique. L'inconvénient : au lieu de remplacer un arbre malade par un arbre neuf, on plante des graines dans votre moelle osseuse, donc il faut le temps que ça prenne et que ça pousse. La période d'aplasie est plus longue. Il faudra compter environ deux mois en chambre stérile et au moins six mois sans trop s'éloigner de l'hôpital, car pendant cette période, vous serez très vulnérable. Sur le plan clinique bien sûr, mais aussi psychologique. C'est là qu'il faut s'accrocher. C'est pourquoi on ne propose ce traitement que dans les cas où on ne trouve pas de donneur 10/10. C'est une technique adressée aux enfants, mais qui a de bonnes chances de fonctionner sur vous vu votre petit gabarit. Dans le cas d'une aplasie médullaire, cela a déjà été tenté dix-huit fois sur adulte, et a fonctionné quinze fois.

---

* La première greffe de cordon au monde a eu lieu à l'hôpital Saint-Louis en 1988.

— Et les trois autres ?

— Décédés. Mais ils cumulaient diverses pathologies, étaient plus âgés ou malades depuis plusieurs années. C'est un traitement lourd, mais je ne suis pas fou… Si je vous le propose, c'est parce que je sais que nous pouvons vous ramener à une vie normale. En dehors de votre problème hématologique, vous êtes en bonne santé, vous êtes encore jeune… Cela dit, nous allons avoir besoin de vous.

— C'est-à-dire ?

— Vous faites de la musique, je crois ?

— Oui…

— Eh bien il va falloir vous préparer comme pour un très gros concert. De notre côté, on va tout mettre en œuvre pour que les choses se passent le mieux possible.

— Comme une équipe technique ?

— Exactement ! Après, on ne peut pas toujours tout prévoir en greffe… c'est pourquoi il faut être prêt. Vous verrez, les relations avec le personnel du service seront extraordinaires. Vous allez être très bien entouré. Mais la greffe, c'est un travail d'équipe. Sans vous, ça ne marchera pas. Les patients avec qui ça s'est mal passé sont entrés dans le service tête basse… Il faut y aller à fond ! Avec l'envie de gagner ! Essayez de considérer cette expérience comme une aventure. L'objectif est de vous sauver la vie, ce n'est pas rien… N'oubliez jamais qu'au bout du compte, vous avez un véritable espoir de guérison.

J'ai serré la main de mon maître Jedi et suis sorti de l'hôpital aussi fasciné qu'effrayé. Après mon cœur de sportif, qui m'a sauvé la vie lors du tournage du dernier clip de Dionysos, voilà que ma petite taille pourrait me permettre d'être sauvé par une technique de greffe destinée aux enfants. Je suis un passe-partout biologique. Ça valait peut-être le coup de se faire chambrer toutes ces années, finalement… Je vais signer un protocole pour que mon parcours puisse servir de référence à la recherche médicale. Je me concentre sur la petite fierté que cela me procure plutôt que de laisser glisser mon esprit vers les contrées plus angoissantes. Un nouveau compte à rebours est lancé. Je vais tenter de me faire sauver la vie par le cordon ombilical d'une nouvelle mère biologique.

Et je vais naître une deuxième fois. Ce qui implique qu'il faudra mourir un peu aussi. La (science-)fiction dépasse la réalité. Je vais devenir une chimère, mon sang sera mixte pour toujours. Comme Jack avec son horloge à la place du cœur, rien pour moi ne sera plus jamais comme avant.

Entre-temps, il faudra retourner en chambre stérile, en auto-couveuse. Le risque de complications pendant cette période sera élevé. Je vais devoir me confronter à la chimiothérapie et à la radiothérapie. Être presque aussi fatigué qu'un mort. Accepter sans rien lâcher. M'en remettre à nouveau aux grands et petits soins des infirmières-cigognes. Elles m'ont prévenu : l'hospitalisation pour une greffe est plus difficile en termes d'effets secondaires.

Mais au bout il y a cet espoir vibrant : la fée normalité.

Le calendrier de l'après

14 juillet 2014

Je me prépare comme Rocky Balboa dans les bois, mais chez moi. Avec mon ukulélé dans mon siège-œuf. L'été se faufile dans la fausse douceur de mini-vacances à marcher sur l'eau entre amis avec un paddle. Mais l'orage gronde à l'horizon. Dame Oclès me surveille de près. Cette fois, je vais vraiment devoir l'affronter. Le corps totalement irradié, la moelle osseuse détruite par la chimiothérapie et une nouvelle dose de sérum antilymphocytaire plus tard, je n'échapperai pas au duel. Et c'est quand je serai le plus affaibli que Dame Oclès m'attaquera. Je vais devoir puiser des forces au fin fond de mes os. Résister. Je n'ai plus d'autre choix désormais que devenir un véritable Jedi. Il me reste quelques semaines pour terminer ma formation. Face à Dame Oclès, la tentation de passer du mauvais côté de la Force sera terriblement séduisante.

Pourtant, parfois, j'ai l'impression que tout est normal. La vie va bien pendant plusieurs minutes d'affilée. Notamment pendant les matchs de la Coupe du monde de football, ou en lisant de la poésie. Je trimbale un vieux livre de Walt Whitman tout corné partout, ainsi que cette apologie du courage qu'est *Hagakure*, le guide du samouraï. Je l'utilisais déjà en tournée. Un jour d'hôpital de jour, je l'ai offert à mon voisin de chambrée. On était tous les deux avec nos poches de transfusion plantées dans le bras à essayer de comprendre l'incompréhensible. Il était assez âgé et n'arrêtait pas de faire des petites blagues grivoises à sa femme, toute gênée sur son siège. On aurait dit deux très vieux adolescents. Ils basculaient entre tendresse et chamaillerie d'un instant à l'autre. Après environ deux heures, la femme s'est levée pour se dégourdir les jambes dans le couloir. Il s'est tourné vers moi, le regard paniqué, avant de répéter plusieurs fois : « La maladie, c'est la guerre ! La guerre ! » Lorsque sa femme est revenue, il a repris sa mine enjouée.

Une autre fois, j'ai croisé une fille de vingt ans avec une perruque. Elle était très belle, on aurait dit une princesse sans sourcils. Ses parents l'accompagnaient, elle ressemblait à sa mère aux yeux mouillés. Ils se consolaient en s'étreignant dans le couloir. La jeune fille semblait flotter au-dessus des difficultés. « Après cette chimio, il ne m'en reste plus qu'une et normalement, c'est bon… C'est la septième aujourd'hui, et franchement, ça va. » Son regard d'enfant pétillant était à peine voilé de mélancolie. J'ai été très impressionné par le cap de normalité qu'elle parvenait à maintenir. Puis un lit à roulettes est entré dans le service. Le monsieur qui y était allongé paraissait si vieux qu'on aurait dit un fossile en pyjama. Un tube à oxygène enfoncé dans les narines et des perfusions de partout. Un carrousel en plastique rempli de liquides se balançait en haut de son lit. Les infirmières lui ont dit bonjour comme s'il était en parfait état, et lui a répondu d'un petit geste de la main.

Ensuite, tu sors de l'hôpital et tu reçois des coups de fil de gens qui se plaignent qu'ils sont fatigués et d'un coup tu deviens fatigué de les entendre parler. Puis tu te retrouves dans un taxi qui gueule contre les Vélib, les jeunes et la longueur des feux rouges dans la même phrase. Alors, je suis bien content de retourner dans mon œuf.

Je commence à enregistrer un deuxième disque Eggman alors que je n'ai pas encore reçu le premier. Je vais en enregistrer un troisième avant la greffe. Il y aura des copains, des histoires, des crêpes et du vinyle blanc. C'est tout ce que je peux offrir. Je me sens comme un Père Noël qui distribuerait des cadeaux à moitié terminés en plein été de peur de mourir à l'automne.

En attendant, Rosy fleurit tout en pétales de robes. La maladie ne prend ni week-ends ni vacances, c'est du vingt-quatre heures sur vingt-quatre, sept jours sur sept, mais je crois pouvoir le dire le plus calmement et puissamment possible, je suis heureux. Je sens une force nouvelle m'envahir sous les tonnes de plomb qui ralentissent mes pas.

Cela n'enlève rien à la peur, heureusement que j'ai peur. L'inverse serait un signe de déni. Ce serait comme ne pas avoir le trac avant de monter sur scène à l'Olympia, ou en avoir trop et rester paralysé dans les loges. Il faut y aller !

J'ai ce désir ardent de revenir du côté des humains. Je le sens monter du plus profond de ce que je suis. Je suis le vampire de l'amour, mon cœur bat, je vis ! Je veux redonner le sourire à mon père, à ma sœur, à toute la famille, aux amis, à Rosy. Vivre ce que je comptais vivre après le film, avant le diagnostic.

J'aimerais avoir le temps de ralentir. Je voudrais qu'il y ait des Coupes du monde tous les jours, de football mais aussi de poésie. Je compte en organiser une dernière dans mon siège-œuf. Les gens viendront dans l'œuf et auront une minute pour faire quelque chose de poétique. Lire, chanter, improviser… Surprendre !

Le Championnat du monde de poésie, c'est aussi le moment du printemps où on sort sans l'armure écharpe et manteau. Lorsque les bouches de métro exhalent des femmes-fleurs en boutons de robes, lorsque tout le monde est si décontracté que même le terrorisme est démodé. Ce sera Pâques et Noël tous les jours, ce sera mon calendrier de l'après.

Je dissémine mes graines pour me préparer à la nouvelle mise en serre. J'écris-compose avec frénésie afin que ça puisse pousser encore sous le givre de cet hiver globulaire que je m'apprête à passer. Nous enregistrons mes chansons avec Mike pour que le groupe puisse rester dans l'élan pendant mon hibernation d'automne. Cet acte fondateur d'un nouvel album est aussi effrayant que magique.

Et si j'étais en train d'enregistrer un album posthume ?

Mon appétit créatif d'ogre désespéré augmente, la fatigue aussi. Il arrive même que je m'endorme devant les matchs de Coupe du monde, l'un des rares moments où j'accepte de me détendre.

Le calendrier de l'avant

1er septembre 2014

Nous sommes à J moins trente du jour de l'hospitalisation. Une batterie d'examens m'attend avant la greffe. Une fanfare glaciale de choses à faire pour préparer mon corps à cette nouvelle plongée en eaux troublantes. Pour évaluer mes capacités respiratoires, on me fait souffler dans une sorte de tuba relié à une photocopieuse étrange avec un pince-nez à la Jacques Mayol. Une petite infirmière pétulante dirige les opérations. « Soufflez-soufflez-souffleeeeez ! Bloquez la respiration… Reeeeespirez ! Trèèèèès bien ! On recommence… » Une demi-heure comme ça. À la fin j'ai l'impression d'être à moitié bourré. Je croise des dauphins dans les couloirs et des sirènes dans l'escalier. Vomir, c'est mourir un peu.

Walt Whitman me tient compagnie dans la salle d'attente du scanner. J'ai son livre dans mon sac, avec des harmonicas foutus et *L'Équipe.* Qu'est-ce que Walt Whitman peut bien foutre dans la salle d'attente d'un scanner, alors qu'il est mort et bien mort depuis le 26 mars 1892 ? Est-ce que les fantômes de poètes continuent à vérifier le bon fonctionnement de leur corps ? Serait-ce faire preuve d'espoir mélancolique que de se comporter ainsi ? Walt Whitman ou son sosie se lève lorsqu'on l'appelle. Il disparaît dans le corridor. Je me demande si les médecins savent à qui ils ont affaire.

« Monsieur Malzieu », dit une voix sortie d'une blouse. Cette fois c'est mon tour. Après le fantôme, c'est au tour du vampire. J'enchaîne sur les multiprises de sang. Une infirmière arrive avec une petite boîte en plastique remplie d'une vingtaine de tubes. On se croirait en travaux pratiques de biologie. Je me transforme en grenouille. On me passe au crible. Ils vont forcément trouver quelque chose d'autre qui déconne à force de chercher ! Maintenant, il faut faire toutes sortes de radios. Je ne pensais pas avoir autant d'organes. On me radiographie sous tous les angles telle une star hollywoodienne à Cannes. Ils vérifient que la carlingue est en bon état avant le décollage de la fusée. Jusqu'ici, tout va bien.

On me suggère également de stocker mes spermatozoïdes dans une banque. En effet l'irradiation totale du corps pourrait me rendre stérile. Pour le restant de ma vie, je risque de tirer des balles à blanc comme dans un western pour enfants. Alors, si je veux être père, il faut faire des provisions pour l'hiver. C'est assez troublant, car dans *Métamorphose en bord de ciel*, mon personnage* fait un don de sperme à la doctoresse dont il est tombé amoureux. À sa mort cette dernière décide de se l'inséminer.

Me voilà donc en route vers un nouvel hôpital – ils appellent ça un « CECOS » – pour « effectuer le prélèvement »… Ensuite on cryopréservera mes graines à – 196 °C dans de l'azote liquide, comme les cellules du sang de cordon.

Je donne ma carte d'identité, et m'installe dans la salle d'attente. Nous sommes quatre, je suis le plus jeune. Cette situation est si insupportablement triste et joyeuse que j'ai envie de faire des blagues. On est tous là pour essayer de sauver l'enfant qu'on n'a pas encore.

Pour endiguer l'angoisse, j'imagine le cambriolage de la banque de sperme par un gang de

* Tom Cloudman, cité plus tôt, stocke lui aussi son sperme lors d'un séjour en chambre stérile. J'ai écrit cette histoire trois ans avant mon propre diagnostic.

veuves. Elles sont cinq, armées de pistolets et de glacières. Elles ont mis du rouge à lèvres et se sont bien coiffées parce que c'est un rendez-vous terriblement romantique. Elles vont enfin devenir mères ! Le gang des veuves braque les biologistes et se tire avec des quantités astronomiques de sperme, y compris le mien. Dans quelques années, j'aurai peut-être une descendance illégitime qui se promènera en skateboard sous mes fenêtres.

« Monsieur Malzieu ? » Je me lève et suis l'infirmière dans un couloir semblable à tous ceux que je ne me suis toujours pas habitué à fréquenter. Je me retrouve dans une pièce avec cette demoiselle. On sait tous les deux que je vais me branler dès qu'elle aura le dos tourné alors qu'on se connaît depuis moins d'une minute. Elle me donne un petit récipient et m'indique que je peux regarder un film sur la télé ou consulter les magazines qui se trouvent dans l'armoire. « Quand vous aurez terminé, fermez bien le couvercle du flacon et vous pouvez partir. »

On dirait une hôtesse de l'air qui explique les règles de sécurité. Elle est la neutralité absolue. La porte se ferme, à moi de jouer. Après tout, ça ne peut pas être plus désagréable qu'un myélogramme.

Mes futurs enfants ne sont pas encore nés, pourtant ce sont déjà des survivants. Je suis une étoile peut-être morte mais mes spermatozoïdes gelés éclairent un avenir possible. Si je suis mort, j'essaierai d'apprendre à hanter mes enfants sans les effrayer. Je m'exercerai avec Rosy. Même dans les meilleurs films de vampire, ils n'ont pas de scène d'amour comme celle-là.

Je marche un peu en sortant de l'hôpital. Je m'achète des mignardises et fais semblant de redevenir normal. Je retire du liquide, comme tout le monde. Les gens déposent de l'argent sur leur compte en banque, moi des spermatozoïdes. Mais sur ce trottoir, avec mon croissant de bon matin, je suis exactement comme eux. Une grande femme brune au regard déterminé remonte la rue en direction de l'hôpital, cheveux au vent. Elle est très belle. Le talon de ses bottes contre le bitume est plus bruyant que le moteur des voitures. Elle fait sans doute partie du gang des veuves.

Mini-westerns

13 septembre 2014

Nouveau contretemps de montagnes russes : j'ai une infection au poumon. Du coup, ce n'est plus le moment de détruire mon système immunitaire. La greffe est reportée. Je m'étais préparé à entrer en scène, j'avais enfilé mon costume mental de guerrier. J'avais peur, mais j'étais prêt. Patience… Apprendre encore et toujours à maîtriser le (contre)temps…

Le rendez-vous pour m'installer le cathéter central, lui, est maintenu. Je m'y connais désormais. Pour éviter de piquer trop souvent dans les petites veines du bras, ce qui serait dangereux avec des produits aussi agressifs que ceux utilisés en chimiothérapie, on installe une aiguille sous la peau au niveau du thorax. La veine cave est plus large, une sorte d'autoroute pour fluidifier le trafic médicamenteux. Je me rends au bloc opératoire en skate, direction la salle d'attente de l'hôpital Saint-Louis. « Monsieur Malzieu, c'est à vous ! »

Pas de masturbation cette fois-ci mais trois grosses piqûres dans le thorax avec de longues aiguilles remplies de lidocaïne pour m'anesthésier. Des gens masqués et une lumière forte dans les yeux. Des gants en plastique, du silence et me voici appareillé comme en février à Cochin. Je quitte le bloc avec un nouveau pansement gros comme une couche qui dépasse du col de ma chemise. Puis je rentre chez moi comme je suis venu, sur mon skateboard.

Je réalise rapidement que ces quelques jours de répit imprévu sont à considérer comme un cadeau. Je ne sais pas encore trop comment, mais je vais en profiter pour profiter.

Je viens de recevoir le premier disque d'Eggman : *Mini-westerns avec des surprises*. Il est beau, blanc et fait maison. Mon cœur bat lorsque je le dépose sur ma platine. C'est une joie simple comme manger sa première cerise au printemps.

Le temps s'accélère. J'entre en greffe dans trois jours. Je passe une fabuleuse nuit d'enregistrement entre amis pour le troisième disque Eggman. Je prends beaucoup de plaisir dans mon rôle de mini-producteur. Spermatozoïdes, chansons, sang de cordon, disques, je suis en train de devenir un bien étrange pépiniériste.

Je me rends au goûter nocturne qui a lieu chez le disquaire Ground Zero pour la sortie du vinyle. Rosy s'est débrouillée pour que cette ultime soirée soit un feu d'artifice. Nous sommes à quelques encablures de l'hôpital Saint-Louis. La plupart des gens qui sont ici ne savent pas que je suis un vampire, même si je commence à avoir les yeux très jaunes. Un costume bleu et on n'y voit que du feu. Les disques partent comme des petits pains et tout n'est que joie. Je me laisse aller au moment présent, même si comme lors de mon anniversaire les pensées les plus noires se faufilent parfois. Beaucoup d'amis sont là et je me demande si ce n'est pas la dernière fois que je les vois. Même l'hématologue à voix douce est venue ! Pour la deuxième fois de l'année, j'ai l'impression d'assister à mon propre enterrement. Quelque chose palpite au fond de moi qui me fait dire le contraire, mais je suis terrorisé.

Je cours un peu partout, ne mange pas trop et bois un peu. J'ai le tournis, mais j'ai envie de profiter du bal. Je n'avais pas invité Dame Oclès, elle est venue quand même. Elle fume sa cigarette fine, appuyée contre la vitrine du disquaire. Je suis le seul à la voir, mais elle me gâche la fête.

— Tu veux pas me laisser tranquille, juste pour ce soir ?

— Non.

— On aura tout le temps de s'expliquer à l'hôpital, fous-moi la paix !

Dame Oclès hausse ses jolies épaules et trimbale sa dégaine d'ombre majestueuse vers le bas de la rue où elle fait mine de disparaître.

Ici, c'est la fête des *Mini-westerns*. Être entouré de gens qui s'amassent et me croient en bonne santé me galvanise. Minuit passe. Je suçote des mini-doses de whisky-Coca à la paille comme s'il s'agissait de bonbons magiques. Les gens rentrent chez eux avec leur vinyle maison sous le bras. Il ne reste plus de Kinder et il commence à faire froid. Je redoute ces au revoir de quai de gare. J'ai trois boules de pétanque coincées dans la gorge. Nous rentrons, avec Rosy. Je déglutis mes boules de pétanque.

J moins un

13 octobre 2014

Demain, j'entre en greffe. Cette fois, je n'y couperai pas. Le temps va s'arrêter sur l'heure de vérité. En attendant, à moi de me remonter.

Dame Oclès me suit comme mon ombre pendant que je prépare mes affaires. J'éprouve le besoin de sortir en skate une dernière fois dans mon quartier pour voir le soleil se coucher sur mes épaules. Je croise le marchand de journaux que j'aime bien, les serveurs du restaurant Le Charlot : « À bientôt », me disent-ils sympathiquement.

Je fais comme s'ils avaient raison. Puis je dégote plein de livres tout neufs à la librairie du coin.

Rosy et moi finissons par aller au lit avec ce sentiment terrible : c'est peut-être la dernière fois. Chasser cette idée est aussi simple que d'éviter les piqûres de moustiques un soir d'été en bord de lac. Il fait presque jour quand Rosy finit par s'endormir. Elle est emmitouflée dans la couette comme une meringue vivante, étire ses petits orteils de Betty Boop avec la grâce spéciale qu'ont les anges inconscients qu'ils en sont. La fatigue me pique les yeux, mais je prends le temps de la regarder dormir. Je caresse ses cheveux, son dos et ses fesses. La sensation se pyrograve dans ma mémoire.

Jour J

14 octobre 2014

J'ai dû finir par m'endormir car je me suis réveillé, si tard qu'il ne me reste qu'une paire d'heures avant de « rentrer ». Je me lève, assommé comme un très vieux boxeur. J'observe mon reflet de vampire en pyjama dans le miroir, ce teint jauni qui fait une peau de vieille photo. Je prends ma dernière douche, laisse couler le jet longtemps sur mes épaules. Je lave plusieurs fois mes cheveux, tant que j'ai le droit au shampoing, et tant que j'ai des cheveux. Je m'habille et la tension d'une montée sur scène m'électrise. Je me sens aussi fébrile que déterminé. La fatigue de l'anémie et de l'insomnie cumulées est compensée par une rage toute neuve. Envie d'en découdre. Je fais les cent pas. Je prends mon élan pour le grand saut.

Nous quittons l'appartement. Je photographie mon siège-œuf avant de fermer la porte. J'ai déjà envie de retourner à l'intérieur. L'ascenseur me fend le cœur. Rosy a les yeux encore plus grands que d'habitude. Les baisers sonnent comme un compte à rebours, ils deviennent douloureux. À l'idée que je vais devoir m'en sevrer, je commence à ne plus avoir envie d'embrasser.

Cette fois, j'ai quand même droit à mon piano rouge, mon ukulélé et ma folk comme armes anti-mélancolie. On mini-déménage mes affaires dans la voiture de Rosy et c'est parti. J'y vais en skate. Depuis le jour où j'ai appris officiellement que je passerais l'épreuve de la greffe, j'ai décidé que j'irais en skate. J'ai mes Repetto* et mon pantalon rouge, je grignote chaque parcelle de bitume comme un caviar d'écume. Refaire mes lacets devant un passage piéton et sentir le parfum d'un bouquet de Vélib me transperce. Vers le canal Saint-Martin, je ralentis. Je croise des gens qui me regardent normalement, personne n'imagine que je suis un vampire.

Mitraille photographique : reflets ! Ponts ! Péniches ! Chats ! Je capture tout ce qui pourrait me servir de matière première à malaxer créativement une fois prisonnier.

---

* Petites chaussures de danseurs popularisées par le grand Serge Gainsbourg.

Les grands bras de pierre de l'hôpital Saint-Louis avancent leurs ombres en cet après-midi sauvagement paisible. Je pourrais encore me dérober. Partir en cavale. Maintenant que je maîtrise le skathéter (art de rider avec un cathéter central), que pourrait-il m'arriver de pire que d'être enfermé dans une chambre avec au programme chimiothérapie, radiothérapie et greffe ?

Il fait encore bon, je pourrais faire le tour de France en skate-stop. J'ai ma carte de groupe sanguin, une petite transfusion par-ci par-là et c'est reparti ! Je tiendrais un carnet de board. Je goûterais à tous les alcools, ne dormirais quasiment jamais et parlerais toutes les langues, surtout celles que je ne connais pas. J'en inventerais une, prendrais des photos, écrirais dessus et les enverrais en guise de cartes postales. J'apprendrais à construire des jouets en bois, je rencontrerais le Père Noël et, si je ne le trouvais pas, le deviendrais moi-même. Je me bâtirais un atelier en haut de la Rhune, cette montagne majestueuse qui surplombe la baie de Saint-Jean-de-Luz, je descendrais sur un vieux BMX jusqu'à l'océan pour aller surfer. J'écouterais de la musique toute la journée, j'en jouerais toute la nuit.

Je ferais claquer des bouquets de feux d'artifice par la cheminée de l'atelier, fabriquerais une constellation mouvante juste au-dessus du toit, des étoiles entre lesquelles je tisserais des hamacs. Dans le jardin, il y aurait des balançoires argentées et un terrain de football miniature en moquette épaisse. J'élèverais des écureuils parlants et mes chiens de garde seraient des hérissons géants. Il y aurait un volcan de cinquante centimètres de haut en activité pour faire cuire les omelettes – parce que j'aurais des poules. Les seules poules au monde capables de pondre des œufs en chocolat ! Oui ! Rosy serait là, elle serait devenue mini-mannequin et scientifique de renom. Elle donnerait des conférences d'amourologie dans le monde entier. Quand elle rentrerait, on fabriquerait des enfants en dansant. Quand ils auraient grandi, on installerait une source chaude dans la salle à manger pour se baigner en regardant des films. Toute la famille et les copains viendraient et ce serait comme un parc d'attractions vivant…

Heure H

14 octobre 2014

Je regarde mon téléphone, il est 14 h 57. Il me reste trois minutes pour arriver au service greffe de moelle.

Service Trèfle 3 de l'hôpital Saint-Louis. Plot B, troisième étage. Je connais ces couloirs remplis de femmes-coton, ces plafonds bas qui laissent plus facilement s'engouffrer les ombres que la lumière. Un sas dans lequel on ne peut entrer qu'en actionnant un interrupteur géant avec l'avant-bras, pour éviter de le toucher avec les doigts. Dans l'entre-deux-portes, quelques affichettes à l'effigie d'associations luttant contre la leucémie et une missive informative concernant la loi Leonetti, « Le droit des malades en fin de vie ». Je me contente de lire le titre sans aller plus loin. Je suis planté là avec mon skate sous le bras droit, la main gauche dans celle de Rosy. On est un peu habillés comme si on allait au concert des White Stripes. La deuxième porte s'ouvre, nous entrons dans le service avec ses couloirs colorés de motifs enfantins datant de la fin des années 1980 et destinés à égayer le quotidien des enfants. Car on y soignait les tout-petits à l'époque. À l'entrée on trouve des dessins autour de la thématique du trèfle, contributions de patients et de leurs familles. Il y a même une Betty Boop !

Nous arrivons au niveau de ce qui semble être la cabine de pilotage. Des vitres, des bureaux, des ordinateurs. On m'a déjà fait visiter une chambre pour amortir le choc de l'entrée. Ici, les gens travaillent dans les sous-sols de l'existence, aux frontières limitrophes de la mort. Ils bordent des fantômes, servent des petits déjeuners à des vampires en sursis.

Les cigognes sont de retour, nous disent bonjour du bout de leur bec masqué. Elles sont douces, dédramatisantes, prévenantes avec Rosy, le skate et moi. Une nouvelle fois, c'est l'accueil d'un hôtel sept étoiles dans les locaux d'un Formule 1. Pas de jacuzzi ni de vue sur la mer, mais des soins en room service vingt-quatre heures sur vingt-quatre. Chacun se présente, mais sans le côté protocolaire. Tout s'humanise vite et naturellement. Cette fine couche de rassurant permet d'installer la confiance.

Une anesthésie mentale de protection se met en place. J'ai moins peur maintenant que lorsqu'il fallait quitter l'appartelier. Un aide-soignant aussi grand que sympathique nous dirige vers la chambre qui va devenir « ma chambre ».

J'en connais déjà la configuration, je suis venu m'y faire transfuser avant de partir à Copenhague recevoir un prix décerné au film. Ça m'a bien secoué les montagnes rousses de passer quelques heures là où j'allais en passer de beaucoup plus nombreuses. Mais j'avais gardé mes habits et je me suis tiré en skate à la nuit tombante. Là, c'est autre chose. Je sais quand je rentre, pas quand je sors. Ni dans quel état.

Le grand aide-soignant emballe la planche dans un sac en plastique typique des hôpitaux. Les souvenirs les plus coupants de ma vie bloquent ma respiration. Je reste calme. Le souffle revient. L'infirmier me parle skateboard et détourne mon attention du sac en plastique. Je me dis que je sortirai de cet hôpital comme j'y suis venu : en skate. Poser des rendez-vous ludiques adoucit mes angoisses. Tant que je n'ai pas de perfusion, je me promène dans ma chambre tel un touriste visitant une prison célèbre. Du sas que je n'aurai bientôt plus le droit de franchir jusqu'à la fenêtre et au nouveau vélo que je vais devoir dompter.

J'ai un frigidaire sous la table de chevet, un lavabo en guise de douche et un placard en guise de placard. Le plafond est bas. On peut essayer de se dire que ça fait cabane d'écriture marrante, mais c'est surtout très sombre. L'atmosphère est moins nucléaire qu'à Cochin, car le service est plus ancien. On dirait presque une chambre universitaire, mais avec autour du lit une tringle en hauteur, vestige du rideau derrière lequel les patients étaient il n'y a pas si longtemps isolés pendant les hospitalisations pour greffe. Les machines pousse-seringues sont les mêmes qu'en février mais ici j'ai droit aux pantalons, aux chaussures et aux T-shirts. Le lit possède son armada de télécommandes : pour appeler les infirmières, pour la lumière et pour faire monter ou descendre le lit. Tout est fait pour faciliter la vie à celui qui ne peut plus vraiment bouger.

On vous vole beaucoup de choses lorsque vous entrez dans une chambre stérile. La liberté, l'intimité, les cheveux parfois. Mais ne pas avoir à porter toute la journée le pyjama de bagnard fatigué aide à résister à la désappropriation de soi. Objets, livres, décorations sont permis et même suggérés. On sent qu'ils ont l'habitude des hospitalisations longues à enjeu capital. Ils pratiquent uniquement la greffe de moelle ici. Dix-neuf chambres, dix-neuf malades, dix-neuf voisins invisibles, tous logés à la même enseigne : l'espoir de renaître.

Cette fois ça y est, j'y suis. Au pied du mur d'escalade le plus ardu de ma vie. La roulette émotionnelle est lancée.

À peine installé, il faut aller faire des radios. Je suis presque content de ce petit stage hors de la chambre. Je reviens pour la tombée de la nuit, en bon vampire qui se respecte.

Je sais ce qui va se passer maintenant. Un plateau-repas et Rosy disparaîtra. Je connais par cœur la sensation de cet abandon obligatoire. C'est le retour de l'amour sous cellophane.

Ignition

15 octobre 2014

Je viens de passer ma première nuit à Saint-Louis. Je m'aménage un coin en bord de ciel tel un poste avancé de résistance. Face à la fenêtre qui donne sur un jardinet arboré d'un palmier solitaire et de quelques bosquets taillés à l'anglaise, je dispose mon *toy* piano rouge, le ukulélé, la folk et l'ordinateur sur lequel j'écris ces mots. Moi, l'oiseau de nuit, on me réveille à l'aube. Juste après la prise de sang de 6 heures, je bois un thé à la menthe à la lumière des pousse-seringues et prends les commandes de mon chalutier imaginaire. Je sais que jusqu'à 8 h 30, il n'y aura pas de soins. Seul face au silence du jour qui se lève, je vogue au fin fond de ma tête. J'apprends le métier de dompteur de tempêtes. Vers 9 heures, c'est le petit déjeuner spécial vampire. Gâteaux très secs et deuxième tasse de thé.

9 h 30 : vélo. Moi qui aime tant improviser, me voici réglé comme du papier à musique. C'est impressionnant de réaliser à quel point nous sommes capables de nous adapter. Cela demande une plongée en apnée vers l'intérieur de soi, mais c'est possible. Mes amis s'inquiétaient : « Ouh là là ! Tu devrais prendre des films, des séries, de quoi passer le temps ! » Peut-être était-ce plus facile pour eux d'évoquer le risque d'ennui plutôt que le risque de mort. Et je le comprends, car moi-même j'ai eu tendance jusque-là à minimiser pour mes proches. L'espoir est une denrée rare depuis un an. J'en distribue plus que j'en ai.

Comme à Cochin pendant les cinq semaines d'hospitalisation en février, je ne m'ennuie jamais. Je lis un peu, écris beaucoup et passe le reste de mon temps à équilibrer mes tourments. Je n'y parviens pas toujours. L'omniprésence de Dame Oclès génère du blues, mais lorsque mon état physique est correct, je berce la flamme qui m'a toujours éclairé. Celle de la joie enragée. Celle qui rend aventureux et lance le voyage au centre de la tête. Celle qui permet d'inventer, de se réinventer. La joie enragée qui donne l'énergie de fonder un parti poétique, une tribu électrique. Celle qui fait monter sur le vélo pour pédaler, immobile, face à la fenêtre d'une chambre stérile.

10 heures : toilette, c'est-à-dire essayer de se doucher dans un lavabo. L'expérience de ma première hospitalisation m'aide à appréhender ce mode de survie. Je suis un explorateur en milieu stérile, je connais les dangers de cette jungle du vide puisque j'en ai déjà traversé une.

10 h 30 : ménage. Je ne veux ni travailler ni téléphoner quand on vient faire ma chambre. J'essaie de faire connaissance. On peut discuter du Maroc, de crêpes, d'espoir. On peut se raconter des histoires, nos histoires, et c'est un lien fantastique qui se crée à nouveau malgré les masques, les blouses et les charlottes.

11 heures : visite des médecins. Professeur, chef de clinique et interne. Ça fait un bon petit bataillon de blouses masquées dans la chambre. On m'examine, on me donne le résultat de la prise de sang qui va déterminer le planning de l'après-midi concernant les transfusions. Aujourd'hui, je n'en aurai pas, par contre on va commencer le traitement. Fludarabine et Endoxan : deux chimiothérapies différentes

pour assurer la destruction totale de la moelle osseuse malade. La première est généralement assez bien supportée, la deuxième, en revanche, génère des effets secondaires plus gênants. On discute un peu. « Surtout n'hésitez pas à appeler si quelque chose ne va pas. »

Le lien se crée très rapidement avec le service. Ce sont des spécialistes de la greffe. Comme à Cochin, ils s'y connaissent en délicatesse. Qu'il s'agisse de faire le ménage, de procéder à une transfusion ou d'apporter le goûter, personne n'est jamais en mode automatique. Le rapport à l'empathie qu'ils développent est un fantastique coussin. J'y assoupis mes angoisses. Leur disponibilité émotionnelle est totale. Je m'attache et me rattache à eux en accéléré. Ils sont ma maison désormais.

La première chimiothérapie est lancée, le compte à rebours aussi. Au revoir ma crinière d'écureuil ! Détruire pour guérir. Je joue un peu de ukulélé pour éviter de trop me focaliser sur les premiers signes de nausée.

Rosy arrive, ses yeux explosent entre le masque et la charlotte. Elle possède une immense réserve de joie, sans doute cachée dans sa fabuleuse poitrine.

Irradiation

20 octobre 2014

Cinq jours ont passé et je supporte plutôt bien les traitements. J'ai un peu enflé avec les fortes doses de cortisone destinées à empêcher la chimiothérapie de me déglinguer en entier. Je recommence à avoir l'air d'un hamster malade, mais ça va. Le flux des idées rêveuses continue d'irriguer la réalité. Dame Oclès est là, elle se fait toutefois étonnamment discrète. Je n'ai jamais sommeil au bon moment, pas vraiment l'appétit d'un ogre, mais je fais du vélo, j'écris, je chante et j'ai même fait une petite vidéo en noir et blanc pour un autre festival où le film a remporté un prix.

La destruction massive de la moelle osseuse atteindra son apogée avec l'irradiation intégrale de mon petit corps malade. J'ai donc droit à une promenade. La reine des infirmières quitte la ruche de Trèfle 3 pour m'accompagner. C'est déjà avec elle que je me suis entretenu avant d'entrer dans le service. Je l'ai trouvée douce et juste, cette discussion m'a aidé à me préparer.

On m'habille en cosmonaute et c'est parti pour le grand voyage d'hôpital en hôpital. De base lunaire en base lunaire, je regarde Paris défiler dans le film de la fenêtre de l'ambulance. Je profite de ce spectacle de voitures, ponts et bitumes. J'apprécie la traversée, même si c'est pour aller me faire flinguer aux rayons X.

L'ambulance ralentit à l'approche des bâtiments sévères de ce nouvel hôpital. Je pourrais faire un livre sur l'architecture des hôpitaux parisiens, le problème c'est que je n'aurais pas très envie de le lire.

J'enlève mes habits pour l'irradiation. Il fait froid. Le silence est assourdissant. Il faut rester allongé de profil sur un lit métallique. Ne pas bouger. Se faire fusiller sans bruit. À peine quelques vibrations. Toujours pas bouger. Vingt minutes… Je suis une tartine dans un grille-pain. J'attends le moment de sauter. Je ne saute pas. Me contente de cette petite brasse immobile en mer nucléaire pour compléter le travail de destruction massive.

Ça y est. L'arbre à œuf est dévitalisé. Étant donné que c'est lui qui déconnait, d'une certaine manière, je ne suis plus malade. Tout reste à reconstruire. Je suis à zéro. Je n'ai plus de moelle osseuse. Mon corps n'a plus de moteur.

La greffe

21 octobre 2014

Aujourd'hui, c'est le très grand jour. Le jour de la greffe.

Aujourd'hui, on va me planter des graines dans le corps pour qu'elles aillent se loger au fond de mes os dans l'espoir qu'elles reconstituent ma moelle osseuse.

Aujourd'hui, je vais devenir le fils d'une seconde mère biologique. Le sang prélevé dans son cordon ombilical et congelé à – 190 °C depuis le 12 juillet 1999 va couler dans mes veines. À l'époque, j'avais les cheveux longs, j'étais amoureux d'une fille plus grande que moi et je venais de passer un mois à San Francisco pour enregistrer un album avec le groupe. J'aimerais savoir à quoi cette mère a pensé le jour où elle a accepté d'offrir son cordon. Qui peut-elle bien être ? Ma voisine ? Une Indienne ? Björk ? Cette femme est peut-être en train de me sauver la vie. J'aimerais bien moi aussi sauver la vie de quelqu'un un jour.

Mon corps est prêt à recevoir les cellules toutes neuves de mon donneur. J'ai mis mon T-shirt Spider-Man. J'aurais préféré mon costume de scène, mais je n'aurais pas été très à l'aise avec les chaussures et la cravate dans le lit. J'ai repensé à la phrase de Joann Sfar sur le fait que je n'aurais d'autre choix que de me transformer en superhéros. Je porte ce T-shirt comme une peinture de guerre.

Une nymphirmière délicate comme une maman spécialisée vient accrocher les petites poches contenant ma future moelle osseuse sur l'espèce de penderie à médicaments liquides qui surplombe mon lit. « Je viens pour vous greffer », dit-elle avec son air de manipulatrice de diamants. Dans les fameuses poches, un ticket de soucoupe volante pour retourner au pays des vivants. Pour repasser du statut de vampire à celui d'être humain. Embrasser sans avoir peur de se faire mordre par un microbe. Courir. Sauter. Dormir. Renaître.

L'infirmière règle le goutte-à-goutte et vérifie que tout fonctionne. « C'est parti ! » me glisse-t-elle, épique et douce à la fois. J'ai l'impression que le sang vient directement de son sourire. J'ai envie de la prendre dans mes bras et de l'empêcher de quitter la chambre. Une joie profonde se diffuse en moi avec une telle intensité que je sens venir les larmes, mais je ne veux pas chialer devant l'infirmière avec mon T-shirt Spider-Man et tout.

Je passe de longues minutes à fixer la poche qui se vide. Je me sens comme un arbre qu'on essaierait de planter sur la Lune. Le tuyau en plastique est en quelque sorte mon nouveau cordon ombilical. L'espoir coule dans mes veines. Je peux le voir circuler goutte par goutte. J'ai tellement envie que ça marche que je me sens déjà mieux.

C'est un peu magique quand la poche est terminée. « C'est bon, c'est passé ! » dit la cigogne en blouse blanche et masque-bec. Je suis au début de quelque chose d'autre. Je le sens, je le sais, je l'espère avec une excitation douce. Les larmes coulent sans prévenir, mes yeux ne piquent pas. Je me détends, ne parviens absolument pas à ranger dans un tiroir les poches ayant contenu les cellules souches hémato-poétiques. Comme un paquet cadeau qu'on ne veut surtout pas jeter tellement il est imprégné par son contenu magique. Je relis l'étiquette. Ma nouvelle mère biologique s'appelle « DUCB-03765 ». Mon nouveau frère ou sœur est né le 12 juillet 1999. Ma date de renaissance anticipée : 21 octobre 2014.

Toutes les minutes qui suivent deviennent sacrées. Pas au sens religieux du terme, même si au plus profond du gouffre il m'est arrivé d'avoir envie de prier-crier. J'ai pensé à ma mère… à Rosy, la famille, les amis, et même à Walt Whitman. Ils jouent tous un rôle primordial dans mon potentiel à résister. Ils sont mon essence, mon gaz et mon électricité. Depuis le diagnostic, on m'a offert deux bibles et j'ai eu l'impression d'être dans un vieux film avec Fernandel, quand le médecin tire la gueule et qu'ils envoient le prêtre parler au grand-père foutu. Mais la foi religieuse ne s'invente pas pour moi. J'aime croire et je suis même devenu un rêveur professionnel, toutefois je veux pouvoir décider à quoi je crois.

Mort

26 octobre 2014

Nous sommes à J plus cinq de la greffe. Je tiens la dragée à peu près haute aux effets secondaires de l'irradiation et des chimiothérapies. C'est pas encore l'heure du *moonwalk*, mais je m'accommode plutôt bien de la destruction massive.

En ce dimanche matin doux avec proposition de croissant au petit déjeuner, je me suis levé du lit avec un léger mal de crâne. Et tout d'un coup : blackout. Ai-je fait une chute ? Aucun souvenir, pas d'atterrissage. À la place, le trou le plus noir dans lequel je me sois jamais engouffré. The end.

Une nuit de quelques minutes sans souffle plus tard, me voici revenu à moi. Je ne sais pas comment je me suis débrouillé, mais j'ai réintégré le lit. Instinct de survie probablement. Instant hors du temps en tout cas. Je ne sais pas ce qui s'est passé ni pourquoi. Vide. Pas le moindre spectre de souvenir. La seule chose que je peux affirmer, c'est que j'ai perdu connaissance et que vu l'état de ma gueule, soit je suis tombé, soit quelqu'un est entré dans ma chambre pour me frapper avec une batte de base-ball. Je penche pour la première option.

Lorsque je me suis réveillé, j'ai eu l'impression d'avoir pris un uppercut de Mike Tyson sans gants. Le visage me brûlait terriblement au niveau de la mâchoire et sous les yeux. Je me suis relevé pour vérifier dans la glace : pommette gauche enfoncée, menton des frères Bogdanov et de Joe Dalton mélangés, énorme bleu violet sur tout le côté droit de la mâchoire et cocard à l'œil gauche.

J'étais un vampire, maintenant je suis un zombie. La douleur lancinante qui me défonce le crâne a au moins l'avantage de me rappeler que je suis vivant. J'ai dû m'évanouir puis tomber. Mon corps a dû s'écrouler contre le lavabo et ma tête cogner. J'appelle les infirmières. L'une d'elles arrive et repart en accéléré, pour revenir avec du renfort.

— Qu'est-ce qui vous est arrivé ?

— Je sais pas.

— Vous êtes tombé ?

— Je ne m'en souviens pas. Je me suis levé, et après je ne me souviens plus de rien. Je ne sais même pas comment je suis remonté dans le lit.

Ça court dans tous les sens pour multiplier les examens d'urgence. Infirmières et médecins restent calmes mais les gestes sont prompts et rapides. Chaque minute compte. La hiérarchisation dans les prises de décision rassure autant qu'elle inquiète. L'équipage médical est bien à la barre du chalutier, mais nous traversons ce qu'on appelle du « gros temps ».

Une sensation de froid me traverse le crâne.

— Tu es coriace toi, me dit Dame Oclès en souriant.

— Je fais ce que je peux.

— Ah, mais là tu ne peux plus grand-chose, je t'ai planté mon épée dans la tête !

Une équipée entre dans la chambre avec une grosse machine sur un chariot à roulettes. On me colle des espèces de stickers métalliques partout sur la peau. On me branche à une petite télé qui fait des courbes, dessine des spasmes : un électrocardiogramme. J'ai l'impression d'être E.T. quand sa fleur commence à faner. Ce moment où il ressemble à un gros sac de farine et que des cosmonautes étranges lui font plein d'examens. Je voudrais m'échapper sur un vélo volant mais dois me contenter de traverser l'hôpital en lit à roulettes pour faire un scanner. Les médecins se parlent à voix basse. Je n'ai pas la force de demander ce qui se passe. Dame Oclès trafique des trucs dans mon cerveau.

— Il faut que je récupère mon épée, elle est coincée dans ton crâne… Maintenant, tu vas mourir.

Une douleur lancinante me vrille les sinus. Je sens que ça s'affole tout autour. Je ne sais pas trop comment, mais je reste calme et me concentre sur ma respiration. On m'a prévenu que pour une greffe de moelle, il y aurait des moments difficiles. « Il faut vivre au jour le jour et petit à petit, les choses vont s'améliorer », m'a-t-on dit. Aujourd'hui je vis seconde par seconde, inspiration après expiration.

On me remonte dans ma chambre le plus vite possible. Quand on n'a plus de système immunitaire et qu'on vous a mis des cellules de nourrisson ultra-précieuses plein le corps, le risque d'infection est plus qu'élevé.

À peine arrivé, on revient me chercher. Un deuxième scanner est nécessaire car j'ai fait une hémorragie cérébrale. Un des risques de l'aplasie. Taux de plaquettes trop faible malgré les transfusions régulières, donc possibilité de saigner quelque part. « Nous devons vérifier l'ampleur de l'hématome. S'il est trop important, on vous transfère immédiatement dans un hôpital spécialisé en neurochirurgie pour une intervention qui consiste à faire remonter des petits sacs de sable par le haut de la cuisse jusqu'au cerveau. Cela revient à fabriquer une digue pour éviter que votre sang inonde votre cerveau. »

Ils craignent un accident cardio-vasculaire. Surtout que la fièvre augmente la pression sanguine. J'ai 39,2 °C.

Je ne permets pas au doute ni à la peur de venir rôder trop près de mon esprit. Je les sens parcourir les périphéries, tenter de forcer le barrage de mes yeux et de mes oreilles, mais je m'applique à rester calme. Concentré comme si j'étais sur scène avec un gros problème technique. J'écoute ma respiration, elle rythme chaque minute qui passe sans nouvelle catastrophe. Dame Oclès a essayé de me couper la tête, mais elle m'a un peu raté. Je suis seulement blessé du scalp.

Hémorragie. Comme ma sœur lorsqu'elle a enfanté, comme la mère de mon père lorsqu'il l'a perdue. Il faut faire une I.R.M. pour préciser les résultats et envisager ou non une intervention. Je n'ai aucune idée de l'heure qu'il est. La course continue. En masque, blouse et charlotte, je visite un bon paquet de services de l'hôpital. Je commence à reconnaître les plafonds, à force de voyager à l'horizontale.

I.R.M., ce tuyau étrange où on écoute de la musique électronique désynchronisée exactement flippante en mode allongé avec un casque de footballeur américain stérilisé. Ils l'ouvrent exprès pour moi un dimanche, je suis un privilégié d'urgence. Pas besoin de passer par la salle d'attente aujourd'hui. Pas de Walt Whitman pour me tenir compagnie, seulement Dame Oclès.

On me pique pour injecter un produit de contraste permettant de mieux voir ce qui se passe sous mon crâne. J'ai la nausée. Je vais pas gerber dans l'appareil tout propre ouvert spécialement pour moi, tout de même ! C'est limite.

Je ne sais pas pourquoi, mais je me dis que c'est dimanche et que dans une autre vie je pourrais être en train de regarder tranquillement *Téléfoot*. Puis je pense à sampler les bruits impressionnants de la machine, mais Charlotte Gainsbourg a déjà fait le coup avec Air. Je ne réécouterai plus cette fantastique chanson de la même façon désormais. On me remonte. Le brancardier n'arrête pas de renifler au-dessus de ma tête. C'est encore plus stressant que le marteau-piqueur électronique de l'I.R.M.

Rosy est arrivée avec son masque de Zorro et elle n'a rien pu faire d'autre que de s'inquiéter plus encore que d'habitude. Elle n'a rien montré. C'est le rocher le plus doux du monde, je ne sais pas comment elle fait.

Mon cathéter se bouche. Sans doute à cause des liquides iodés dits « de transparence » qu'on m'a injectés par deux fois. Rosy doit quitter la chambre. Une ruche d'infirmières s'efforce de le déboucher, elles pompent avec des seringues entre deux électrocardiogrammes. À partir de maintenant, il faut vérifier que mon cœur résiste à tout ce qui se passe. Le petit tuyau qui permettait de faire passer les traitements dans mes veines n'en finit plus de se fissurer. Ça gicle dans tous les sens. J'ai des frelons sous les paupières. Impossible de les ouvrir, impossible de les fermer. Ma tension et ma température sont contrôlées toutes les dix minutes.

Après une heure et demie de brico-jardin entre mes veines et les machines, les infirmières parviennent enfin à me réparer. Je retourne au scanner, surblouse, masque, charlotte et Repetto. « La classe », me dit l'interne. Surtout avec le menton de Dalton, le cocard à la Popeye et la perspective de perdre mes cheveux dans les jours à venir. « Le service réanimation est averti, s'il y a un problème, ils peuvent vous accueillir », me glisse-t-on. Selon le résultat de ce nouvel angio-scanner, il y aura ou non l'opération digue de sable.

En attendant, impossible d'avaler autre chose que l'air de ma propre respiration. Même boire me donne la nausée. Maintenant que le cathéter est réparé, on m'hydrate par les veines. J'ai vraiment l'impression que ma tête a explosé… Impression confirmée par le résultat de l'I.R.M. Double fracture du crâne en bonus de l'hémorragie. Sinus cassé façon boxeur K-O et zygomatique brisé, l'os qui bouge lorsqu'on rit. Le fait est que je ne l'utilise pas trop ces temps-ci. Je ne peux plus ouvrir la bouche. « Vous ne vous êtes pas loupé », dit le professeur. Le plus mauvais cascadeur du monde a encore frappé. Tom Hématome Cloudman, sors de ce corps !

Sur-vie

27 octobre 2014

Subir. Souffrir. Ne même pas pouvoir profiter des yeux de Rosy. S'endormir dans des draps brumeux. Transpirer. Frissonner. Transpirer. Frissonner. Transpirer. Frissonner. Parfois les deux en même temps. Impression d'avoir un glaçon brûlant à la place du crâne. Se lever avec l'appréhension de se casser encore la gueule. Changer de T-shirt trois fois par nuit. Dormir dans un lit trempé de sueur. La fièvre ne baisse plus. Les machines sonnent. La bouche est sèche. Se faire contrôler toutes les demi-heures. La tension. La température. La saturation du cœur. J'ai trop mal à la tête pour lire, écrire, penser.

L'électrocardiogramme émotionnel est sibérien. Transfusion trois fois par jour en plaquettes pour éviter que l'hémorragie ne s'aggrave. Je suis un vampire qui consomme toujours plus d'essence cellulaire.

Mais même si mon corps est un vieux tacot, il se défend encore : le saignement s'est résorbé, il est resté en périphérie du cerveau. Pas d'opération digue de sable pour l'instant. Quant aux fièvres, elles seraient un bon signe de la prise de greffe. En dépit des douleurs dues aux fractures du crâne et du fait que je ne dors à la fois jamais et tout le temps, je m'accroche à cette bonne nouvelle.

Par contre, se nourrir n'est plus possible du tout. Je suis l'Etna du vomi. Du coup, mes repas arrivent sous forme de liquide blanc dans une grande poche en plastique. J'ai l'impression qu'on me transfuse du lait. On me surhydrate également, pour éviter que la chimiothérapie ne me transperce les reins. Je passe mon temps à pisser et je gonfle. Dix kilos d'eau en trois jours. J'ai les pieds de Casimir. Ça fait des plis comme un bébé. Un bébé dinosaure. Je dois mettre mes Repetto comme des babouches pour parvenir à les enfiler.

Toute relation sociale est coupée par la fièvre. Même lorsque les médicaments font effet, je ne descends pas en dessous de 38,5 °C. La plupart du temps, j'évolue entre 39 °C et 40 °C.

Trois jours passent sans la moindre évolution. Je suis engagé sur une corde encore plus raide que je ne l'imaginais. Le vent creuse la houle à même les draps. Le courant m'emporte vers le large.

Mon radeau prend l'eau, mes rames ramollissent. En guise de gouvernail, on m'a donné une petite télécommande à morphine. Dès que j'appuie, je libère une dose de produit. Ça détend les muscles de l'esprit. C'est un peu remplacer du brouillard par du brouillard, mais celui-ci est doux comme de la barbe à papa. L'effet ne dure pas, seulement quelques minutes de répit.

Cette nuit, une armada de piverts ont décidé de me défoncer le crâne à coups de bec. J'appuie plusieurs fois sur l'interrupteur à morphine. Le son de mes bras sur les draps mugit sec et le bruit de cafetière de la machine à perfusion ressemble à un supplice chinois. L'ouverture des sacs en papier contenant les poches médicamenteuses me vrille les tympans comme si quelqu'un froissait du papier de verre à l'intérieur de mes oreilles.

Je suis un très vieil homme dans un T-shirt Spider-Man. Je ne dors plus, je ne me réveille plus. L'hiver traverse ma fenêtre. Il neige dans ma chambre et sous mon crâne brûlant, les flocons ne fondent pas. Mon radeau part à vau-l'eau, dérivant vers des contrées obscures qui m'étaient jusqu'alors inconnues. Ici, il faut être expert en espoir pour en débusquer la moindre particule. Les bouées de sauvetage sont crevées, toute l'équipe s'affaire à les regonfler quand même. Les céphalées font claquer leurs queues de baleine contre mes tempes. Mon front est gelé, il prend feu. Je suis en train de chavirer. Les infirmières arrivent. La houle creuse encore, je n'ai plus pied dans mon lit. Je reste éveillé toute la nuit. La vieille flamme en moi ne veut pas s'éteindre. Ne restent guère plus que les nerfs pour résister. Si je m'endors cette fois, j'ai l'impression que je ne me réveillerai jamais.

Eggman

30 octobre 2014

Sur mon oreiller, je commence à trouver des cheveux. Puis des mèches de cheveux.

Alors ça y est, c'est le grand jour. Cloudman va devenir Eggman. Boule à zéro dans la gorge, je me laisse tondre le crâne par un aide-soignant qui est déjà comme un ami en accéléré. Le contact des lames et ce bruit qui résonne dans tout le crâne. Qu'est-ce qu'on va trouver comme surprise sur le Kinder de mon crâne ? Quelle forme ? Cabossé, pas cabossé ?

Perdre mon panache roux est un symbole non négligeable. La partie émergée de l'iceberg de ma personnalité. Cette tonte stigmatise de façon visible mon statut de malade. Je ne pourrai plus me cacher derrière mon petit costume et un skateboard désormais. Je vais faire peur, tel un véritable vampire. Depuis que je sais que je vais devoir en passer par là, l'amour-propre se rétracte et se crispe. Mais curieusement, quand le moment arrive, je suis détendu comme une espèce de bouddha-boudin plein d'œdèmes et de bleus. Je vais prendre dix ans en dix minutes, mais je suis serein. Après l'hémorragie, la double fracture du crâne, les fièvres et le concours de vomi, je me sens prêt pour le coiffeur de l'armée.

Le bruit de rasoir s'arrête, l'opération tête d'œuf est terminée. Mes cheveux sont par terre, l'infirmier les balaye discrètement. C'est une nouvelle bizarrerie mélancolique de voir ses cheveux tomber dans une poubelle. Il est temps de regarder le vampire en pyjama dans la glace.

Ben ça va. Je m'assume en Eggman. Un Kinder à taches de rousseur. On dirait encore plus un vieil enfant, ou un jeune Nosferatu. Avec mon menton enflé, j'inaugure un look de petit frère Bogdanov chauve. J'attends avec appréhension l'image que va me renvoyer le miroir kaléidoscopique de l'amour et du désir.

Les yeux de Rosy n'ont pas bougé d'un iota. Elle obtient son diplôme d'amourologie avec les félicitations du jury. Grâce à elle, je passe cette étape boule à zéro mieux que prévu.

Un nouvel espoir

4 novembre 2014

Aujourd'hui, une nouvelle I.R.M. confirme que l'hémorragie se résorbe. Je suis enfermé depuis trois semaines mais le pas à pas semble reprendre le sens de la marche avant. C'est bon de ne plus reculer. Même lorsqu'on avance au plus que ralenti. Manger, parler, retrouver des pieds d'humain, c'est déjà presque éclore. J'ai encore le visage déformé, mais l'hématome s'adoucit. Les corticoïdes commencent à faire effet, je profite des éclaircies sans fièvre pour réintégrer le poste de commande de mon chalutier devant la fenêtre. Thé, ukulélé, guitare, T-shirt Spider-Man, tête d'œuf, en avant toutes. Je chante et une infirmière danse dans les couloirs en tapant dans ses mains façon flamenco.

Ça devient une sorte de rite amusant. J'ai repris le vélo.

Les premiers globules blancs apparaissent dans ma prise de sang ce matin ! Une bonne nouvelle à prendre avec des pincettes. Mais quelque chose a bougé ! La machine à remonter serait en train de s'enclencher. Je me sens comme un surfeur régurgité par l'océan. J'ai cru mourir dans les rouleaux. J'ai vu Dame Oclès m'attirer vers le fond en costume de sirène. Me voici aujourd'hui étalé sur le bord de la plage, à essayer de récupérer mon souffle. À réaliser ce qui a bien failli m'arriver.

Ce nouvel espoir est à doser au jour le jour. Milligramme par milligramme encore et toujours, comme les médicaments. C'est le deal que j'ai passé avec le professeur. Il m'a bien cerné. Je suis tellement heureux d'avancer que j'ai déjà envie de sortir le skate du placard.

Plus les jours passent, moins j'ai de fièvre, et plus les globules blancs remontent. Nous sommes le 4 novembre et j'ai dépassé le chiffre de 500 PNN* : je viens de sortir d'aplasie ! Je fais de plus en plus de vélo et termine une chanson entièrement composée dans ma chambre stérile : « Hospital Blues ». Tous les matins dès 6 heures je reprends mes quartiers devant ma fenêtre. Je suis un ermite heureux qui voyage à l'intérieur de sa tête. Maintenant que celle-ci est moins douloureuse, je peux aller plus loin et plus longtemps.

J'ai désormais droit à des promenades dans les couloirs. En habit de cosmonaute certes, mais je prends. Un ascenseur, à mon échelle, c'est Space Mountain. Le rez-de-chaussée ? Les Champs-Élysées !

Rosy et moi explorons différents étages de l'hôpital Saint-Louis. Nous arpentons les couloirs, lentement. Un reflet de tour Eiffel illuminée pétille à travers une fenêtre. Nous passons devant la salle où sont conditionnées les plaquettes. Toutes ces poches de sang venant d'inconnus qui m'ont temporairement maintenu en vie. Anonymes solidaires. Donneurs.

Une nymphirmière trie les poches selon le groupe sanguin des patients. Elle les berce lentement, car pour ne pas mourir ces cellules doivent toujours rester en mouvement. Puis elle

---

* Polynucléaires neutrophiles, autrement dit les globules blancs les plus importants pour lutter contre les infections.

les dépose sur un robot programmé pour les bercer. Je pourrais rester des heures à la regarder travailler. Je réalise à quel point le parcours entre le donneur de sang et le receveur est complexe, et implique de nombreux savoir-faire. C'est émouvant de se rendre compte du processus. On dirait de la sorcellerie mécanique. D'une certaine manière, c'est exactement ce que c'est.

Rodéo

5 novembre 2014

Je retrouve l'appétit.

Le rythme des transfusions ralentit ces derniers jours, mais une pochette de plaquettes passe dans mon sang pendant que je déguste mes coquillettes avec Rosy.

Tout à coup, je me mets à frissonner comme si quelqu'un venait de baisser le chauffage à l'intérieur de mon corps.

— Tu devrais appeler, non ? me suggère Rosy.

— Non, non, ça va aller !

Mais en quelques minutes les frissons se changent en tremblements. Je ne contrôle plus ma fourchette. Je joue de la batterie involontaire sur mon assiette. On dirait le lapin Duracell. Une coquillette s'envole. J'essaie de reprendre le contrôle de mon plateau, sans succès. Les tremblements se changent en spasmes. Ce ne sont plus seulement les mains mais tout le corps qui est pris d'un étrange boogie.

— Ok, j'appelle !

Mon front brûle et je suis gelé, comme aux grandes heures de la prise de greffe. Est-ce qu'on peut s'électrocuter avec des coquillettes ? S'ils veulent faire un remake de *L'Exorciste*, c'est maintenant ! Je suis secoué par un autre moi-même dont j'ignore la provenance.

Une nymphirmière arrive et prend ma température : 39,4 °C. J'avais 37,5 °C un quart d'heure plus tôt. Elle appelle directement l'interne de garde. Je me blottis sous la couverture et me concentre de toutes mes forces pour retrouver mon souffle. Les spasmes me mitraillent à une cadence si élevée que j'ai très peu de temps pour respirer. Rosy reste calme et guette la moindre parcelle de mouvement.

L'interne arrive. Deuxième prise de température : 40,3 °C.

— Vous faites une réaction aux plaquettes. Ça vous est déjà arrivé ?

— Nn… nn… nnooon !

Me voilà premier vampire bègue de l'histoire. Un bon paquet de coquillettes jonchent le sol et moi je continue à danser le jerk en accéléré. Le docteur débranche la poche de plaquettes presque vide et la remplace par un corticoïde.

— Ne vous inquiétez pas, ça va aller mieux rapidement.

J'étouffe. Je me noie dans l'air qui me manque. Nouvelle prise de température : 40,6 °C. J'ai l'impression qu'on a branché un micro-ondes sous mon crâne. Le vampire a pris une insolation. Pouls : 180.

Toujours pas d'accalmie en vue. Je croyais qu'on avait passé le cap Horn avec l'hémorragie et la chute, mais des vents contraires semblent ramener mon fragile esquif vers de bien sombres contrées. Je ne pense qu'à une chose : respirer. Rosy se statufie, l'auto-rodéo s'intensifie. Le cheval en moi est indomptable, il crache du feu sous la neige. Je n'ai jamais eu aussi froid et chaud à la fois.

Enfin, les spasmes ont commencé à diminuer. Un peu moins violents et plus espacés. J'ai pu reprendre une partie de mon souffle. La tempête s'éloigne, la température descend grâce à la cortisone... Une demi-heure plus tard, je suis quasiment dans un état normal. Les coquillettes sont froides, Rosy doit s'en aller. On dirait presque qu'il ne s'est rien passé. Une sorte de beau temps d'après l'orage qui aurait pu m'emporter. Car cette crise pouvait provoquer une nouvelle hémorragie.

Je me retrouve seul avec Dame Oclès. À croire qu'elle traverse une crise de confiance footballistique. Elle me domine depuis un an et a eu deux énormes occasions de tuer le match, et moi avec. Nous étions à un contre un, j'étais au sol, elle avait le ballon dans les pieds et elle s'est débrouillée pour me rater. Aujourd'hui, tout est encore possible. Mais je m'accroche. Et pour la première fois elle doute.

Au pays des vivants

12 novembre 2014

Depuis quelques jours, je vais tellement mieux qu'on commence à m'enlever certains des nombreux fils qui me relient à la machine. La même semaine un an plus tôt, l'équipe de France de football se qualifiait in extremis pour la Coupe du monde au Brésil et je découvrais que j'étais un vampire.

Tout s'accélère soudainement. Aujourd'hui, on m'a apporté un carnet expliquant les règles à suivre en cas de sortie. Sortie ! Un mot presque aveuglant que je manipule comme une flamme, tant pour sa propension à brûler qu'à s'éteindre. Je crains toujours Dame Oclès. Chaque fois qu'elle a semblé s'éloigner, elle est revenue m'attaquer d'encore plus près. Ça paraît fou qu'après un an de noir dense et si peu de temps après mes rodéos hémorragiques, le jour pointe son nez et que je puisse enfin sortir, mais ils ont l'air sûrs d'eux, alors… Ne pas s'emballer. Surtout ne pas s'emballer.

Dans ma chambre, quand il fait mauvais, c'est la nuit au milieu de l'après-midi. Je continue de me lever avant l'aube pour voir les premiers rayons du soleil rebondir entre ma guitare folk et mon ukulélé. J'écris ce livre et travaille mes chansons pour le nouvel album du groupe.

Dionysos : qui est né deux fois. D'abord du ventre de Sémélé, puis de la cuisse de Jupiter qui le sauve du ventre de sa mère morte pendant la grossesse en s'entaillant la cuisse pour y coudre l'enfant qui y terminera sa gestation. Moi aussi je suis né deux fois. D'abord du ventre de ma mère, puis des cellules d'une bio-mère manipulées par un hémato-poète. Je ne crois pas trop aux dieux mais en Dionysos oui. Le nom de ma tribu électrique fait résonner les symboles. Dans ma chambre stérile, je reçois mes chansons que Dionysos commence à arranger à distance. La perspective de chanter à nouveau avec eux fait exploser mes sensations de renaissance. Je reviens !

Pluie de bonnes nouvelles : je ne vais pas sortir de la cuisse de Jupiter, mais de l'hôpital peut-être, dans deux jours ! Juste pour le week-end, une sorte de perm' médicale. Et si tous les éléments fragiles restent suffisamment solides, je ne reviendrai dans ma chambrée lunaire que deux jours la semaine prochaine. Encore une étape. Ça ne veut pas dire la fête dans les bars mais dans les bras, oui. Retour dans le cocon doux des studios Eggman Records. Comme une première grosse surprise Kinder du calendrier de l'après. D'abord il faut déglinguer un virus qui a profité de mon absence de système immunitaire pour s'installer. Je devrais peut-être m'en inquiéter mais le souffle euphorique d'une éventuelle sortie me galvanise.

Cette fois-ci l'espoir ne m'a pas dupé, je sors bien aujourd'hui ! Avec ma guitare dans un sac-poubelle, le masque chirurgical et le bonnet Spider-Man bien ajustés, je me retrouve en plein air à considérer la pluie avec un plaisir de grand soleil. Pour faire durer le suspense, on a mis trois quarts d'heure à trouver un taxi. Heureusement j'ai été bien aidé par une infirmière-cigogne qui voulait s'assurer que son colis arriverait à destination.

J'ai traversé l'enfer en stop. J'y suis encore, mais confortablement assis dans une voiture. Le chauffeur gueule et klaxonne au feu rouge, quelle merveille que tout ce bruit ! Regarder à travers la vitre mon quartier se dérouler sous mes yeux. Pas pour aller me faire irradier mais pour rentrer chez moi. Voir le bitume humide pétiller à la lumière des phares, revenir au pays des vivants ! Sortir du taxi, sentir le froid mordant entrer dans mes poumons, revenir au pays des vivants ! La brume à hauteur de genoux, l'impression d'être minuscule et géant en même temps. J'ai des pulsions de partir en courant. Ce n'est qu'une perm', mais je renais.

Traverser la rue masqué, escalader l'escalier. Et ouvrir cette porte que j'ai eu peur de voir se fermer à jamais. Indiana Jones à l'aventure dans son appartelier. Mon siège-œuf est là. C'est extraordinairement normal de retrouver le cocon tel quel. Rosy y a travaillé doux et ça se sent. Le nid est prêt, la couverture du lit a ce parfum de lessive d'un autre temps.

Je déballe ma guitare de son sac mortifère, m'assieds dans mon œuf et joue quelques accords.

Revenu au pays des vivants ! Je suis toujours un vampire, j'ai une nouvelle identité génétique, mais pour le week-end au moins, je redeviens un humain. Les infirmières ne sont plus au bout du fil. Je n'ai plus de fil. C'est aussi agréable qu'effrayant.

Je reprends ma place au cœur de la maison à une vitesse impressionnante. Je me sers dans le frigidaire, mets un vinyle sur la platine. Je savoure chaque détail, du bruit du plancher qui craque à la possibilité de régler la lumière de l'halogène.

Je me réinstalle dans mon œuf, réjoui à l'idée de me blottir dans ma propre coquille. Bonheur fou ! Un coucher de soleil déguisé en aurore boréale repeint le ciel par la fenêtre. Je prends le pouls du silence, profite de son amplitude et vais me chercher un Coca au frigidaire.

Je suis le plus heureux des hommes, j'ai envie de rire et de pleurer à peu près tout le temps… Je suis un peu angoissé sans les infirmières, mais dans un dosage bien équilibré. Je savoure cette nouvelle étape sans m'enfiler des whiskys en me roulant par terre ni commencer mon tour du monde en skateboard. Bien que ces idées réjouissantes me traversent l'esprit, je m'en tiens au ukulélé et au ping-pong.

Mon petit monde ne s'est pas écroulé, moi non plus. Il semblerait que Dame Oclès ne m'ait pas suivi, elle doit m'attendre à l'hôpital.

À l'heure des bisous, c'est comme si on m'avait rebranché l'eau chaude dans le cœur. Le vampire de l'amour est comblé, l'électrocardiogramme émotionnel ondule. Avec ma double fracture du crâne, j'ai toujours le haut des lèvres anesthésié comme chez le dentiste, c'est une sensation de semi-bisous, mais j'en capte intégralement l'onde veloutée. On se réhabitue vite aux choses du tendre quand on revient d'un champ de bataille. Je suis tellement content que je n'ai même pas envie de me laver. Quand j'y vais, les retrouvailles avec le jet de douche sont une mini-fête.

Dans le miroir, je croise mon nouveau reflet. Toujours un vampire qui a besoin du sang des autres, mais en mode chauve. Mi-Fantômas, mi-Moby. Et dans les bras de Rosy, j'ai l'impression d'être Benjamin Button à la fin de l'histoire. Un vieux nouveau-né fripé. Nosferatu en pull marin. J'enfile un peignoir et me voilà déguisé en moine tibétain d'appartement. Je prends des polaroïds. Les instantanés, même ratés, me remplissent de joie.

Mais le temps du doux glisse en accéléré, et il me faut déjà réintégrer la base lunaire du Xe arrondissement.

Navette spéciale

17 novembre 2014

Le retour à l'hôpital a un petit côté retour à l'usine. Une usine à rêve d'aller mieux. Dire qu'il y a quelques dimanches à peine je me traînais entre les scalpels électroniques des scanners avec le menton des frères Bogdanov. L'hémorragie, c'était il y a seulement trois semaines...

J'ai eu droit à un chauffeur de taxi d'anthologie pour retourner à l'hôpital. J'entre dans la voiture. Il me jette un regard dans le rétroviseur. Pas bonjour.

— Bonjour, je voudrais aller à l'hôpital Saint-Louis, 1, avenue Claude-Vellefaux, s'il vous plaît.

— Vous sentez mauvais. Votre médicament là, c'est quoi ?

— C'est du liquide désinfectant pour les mains, difficile de faire plus propre.

Il ouvre grand ses fenêtres. À 7 h 50 en plein mois de décembre. Je lui explique alors que les courants d'air sont dangereux pour moi, que je sors d'une longue hospitalisation. L'air glacé a le don de me hérisser les nerfs. Le ton méprisant qu'il emploie plus encore. La colère monte sous le bonnet. Le chauffeur exige que je descende place de la République. Il ne supporte pas l'odeur des mains propres. Je lui répète que je viens de passer cinq semaines en chambre stérile, que ce n'est pas bon pour moi de continuer en plein vent. Mais plus j'évoque mon problème de santé, plus le chauffeur devient agressif. Il m'ordonne de sortir. Je m'exécute mais en lâchant un nom d'oiseau et en claquant la portière. Fort. Il sort de sa voiture, me rejoint en courant sur la place, me traite du nom de beaucoup d'oiseaux et me file un coup de pied dans la hanche, que je stoppe de l'avant-bras. Je manque de tomber. Il finit par retourner vers sa voiture…

Je me dirige vers l'hôpital à pied, emmitouflé, essayant de profiter de la marche contre le vent pour diluer la colère. La connerie de ce type me coupe le souffle. Cette expérience me renvoie brutalement à ma condition de malade. À mon masque, à ma vulnérabilité face aux agressions. Aux microbes, aux coups, aux cons. Je deviens intolérant à l'intolérance. En chambre stérile, on a beau être ex-roux néo-chauve et porter un pyjama Batman trop petit, on est considéré, respecté, soutenu. Il faut que je rééduque mon esprit pour le dehors. Je ne suis peut-être pas aussi prêt que je le croyais. Ah, les grandes questions du fragile. Tout ce qui ne nous tue pas nous rend plus forts. Nous abîme aussi parfois.

À l'hôpital Saint-Louis, le vieil enfant que je suis trimbale son chalutier imaginaire entre tempêtes et accalmies. L'équipage médical surveille la coquille, la proue et le bastingage. Le cap Horn et ses monstres marins Chimio et Rayons X semblent derrière moi. Une brise de printemps souffle désormais. Je ne détourne pas mon regard. Droit devant.

Sur-mesure

18 novembre 2014

Le professeur vient m'annoncer de bonnes nouvelles. D'abord, le virus EBV semble maîtrisé. Ensuite, le « chimérisme », cet examen au nom magique qui détermine le pourcentage entre mes anciennes cellules et les nouvelles dans mon sang, est à « 100 % cordon », cela signifie que la greffe a pris.

Il faudra beaucoup de temps pour qu'elle se stabilise, mais c'est une étape cruciale. Car du coup ma moelle osseuse commence à fabriquer de nouvelles cellules, et mon bilan sanguin s'améliore. Les globules blancs montent, les rouges se stabilisent et les plaquettes descendent moins vite. Le risque hémorragique est encore présent, le risque infectieux également, mais plus au point qu'on doive me garder en chambre stérile.

J'ai envie de lever les bras comme si notre équipe venait d'inscrire un but en finale, mais je me retiens.

— La greffe que vous venez de recevoir, c'est du sur-mesure... À chaque prise de sang, on vérifie partout et au moindre signal d'alarme, on intervient. C'est aussi complexe que le tableau de bord d'une navette spatiale. Des biologistes que vous ne voyez jamais travaillent tous les jours sur vos analyses. Et nous ajustons les traitements au millimètre en fonction des résultats, me dit le professeur.

C'est un passionné. Il est habité par ce qu'il défend.

— Mais n'oubliez pas, la seule manière d'y arriver, c'est de continuer le petit pas par petit pas. Nous sommes à peine à un mois de la greffe... Vous êtes en avance sur les chronos, c'est très bien, mais il ne faut surtout pas se relâcher. Vous allez sortir, mais restez bien vigilant... À la moindre fièvre, frisson ou autre, vous revenez direct !

J'apprends à contenir ma joie, mais je la ressens tout autant que si je la faisais exploser. J'avais bien envie de tenter le retour en skate, mais je vais attendre un peu. Ce serait dommage de bloquer un petit caillou sous la roue et de s'étaler comme une crêpe si près du but.

Résurrection

19 novembre 2014

Je suis peut-être pour la dernière fois assis au poste de commande de ce chalutier immobile. Je sors cet après-midi. E.T.-retourner-maison. L'homme-cordon va retrouver son cocon. Je viens de traverser à la nage une rivière pleine de courants et crocodiles, me voici sur l'autre versant. Tout est à réapprendre. Mais quel beau challenge !

Cette fois, je récupère mes affaires dans le petit placard de la mort. Bonnets de néo-chauve, T-shirts de vieux superhéros, et le sac en plastique contenant mon skateboard. « La quille », comme disaient les militaires à la fin de leur service.

Je prends des polaroïds avec tous les gens du service, qui viennent me dire au revoir et me souhaiter bonne chance. C'est une émotion contrastée que j'ai déjà connue à la fin de l'hospitalisation à Cochin. Échappée belle et mélancolie mêlées. Je quitte cette famille adoptive avec des bagages remplis d'espoir fragile. Je reviendrai les voir. L'hôpital ne va pas me manquer, mais les personnes à l'intérieur, si.

Je regarde une dernière fois ma chambre avant de fermer la porte avec un fond de crainte. C'est presque aussi déstabilisant que lorsque j'ai quitté l'appartelier pour entrer en greffe. J'ai envie de prendre des photos. Les infirmières m'ont dit que certains patients avaient besoin d'oublier leur hospitalisation, moi j'ai besoin de m'en souvenir. Ce devoir de mémoire est imprimé au fond de mes os.

Je vais entamer une carrière d'homme poétique. Établir un programme de rêves à partager et m'y tenir. Je veux vivre le mieux possible, pour ne pas insulter le travail de ceux qui m'ont donné leur sang, leur temps, leur moelle osseuse. Je veux remercier Walt Whitman et croire en Dionysos. J'ai reçu une nouvelle chance, je veux pouvoir renvoyer cet ascenseur magique !

Je passe les portes de l'enfer au ralenti. Le vent peut encore tourner et me ramener au cœur du brasier, mais aujourd'hui, je rentre chez moi.

Une belle petite pomme à la vanille en forme de femme m'attend à la maison. Je suis toujours un handicapé du bisou, mais ces moitiés de baisers se multiplient comme les cellules souches.

Le réveil de la force

24 novembre 2014

Me voici donc en mode hôpital soft, avec des rendez-vous saupoudrés dans la semaine. Prises de sang, examens, on vérifie toujours aussi méticuleusement le bon fonctionnement de la navette spéciale. Les bilans sanguins continuent de s'améliorer, mais j'ai encore besoin des transfusions. Parfois, je remonte à Trèfle 3 pour rendre visite aux infirmières qui se sont occupées de moi.

Mi-vampire, mi-touriste rempli de sang neuf, je savoure le plaisir de la maladie sans fil. Je me promène dans les couloirs de l'hôpital, prends des douches et m'adonne à la caresse intensive de mollet de Rosy endormie. Je couve ma nouvelle vie. J'intègre un quotidien nouveau, fait de dix-sept médicaments à prendre à heures précises. Mon sac de pharmacie est gros comme un oreiller. Les pharmaciennes sont mes infirmières light. Elles m'apportent les médicaments à domicile pour éviter que je me promène au milieu des microbes, elles se débrouillent pour me récupérer les traitements dans une autre pharmacie quand je suis à court. Elles mettent du cœur à me faciliter la vie. Je rassemble mes pilules dans des boîtes de Kinder Surprise et bois énormément d'eau pour préserver mes reins des effets secondaires de la ciclosporine. Je m'enfile des *shots* de Saint-Yorre-grenadine toute la journée. À cause des corticoïdes, je suis un régime sans sel ni sucre. Je sens tout de même poindre quelques envies de défoncer un pot de Nutella à la petite cuillère.

J'ai un mois, et le système immunitaire d'un nourrisson. Bientôt, il faudra faire mes vaccins. Je dois éviter toute personne malade, même légèrement enrhumée. Pour sortir je dois mettre mon masque. Toujours pas de lieux publics. Je suis en prison mais chez moi cette fois, et elle est d'une douceur inouïe, cette cellule ! Le parfum est interdit, je ne dois pas toucher aux cartons mais la peau de Rosy, j'y vais à fond. Elle huile mes engrenages tout neufs avec une application tendre et passionnée.

J'écris ces quelques mots en direct du siège-œuf que je viens de réintégrer. Je caresse mon crâne semi-doux comme une vieille balle de tennis. J'atténue le flux de questions qui m'envahissent pour avoir moins de réponses à me donner. Ma meilleure évasion reste la création. L'invention. Les liens fragiles et magiques à tisser entre rêve et réalité. La poésie est le dessert de l'esprit, l'humour en est le fruit. Et malgré la cortisone, cela ne m'est pas interdit.

Je réapprends à dormir dans mon lit. Je vole dans ma couette. Quelle joie de ne pas se faire réveiller à 6 heures pour une prise de sang et de se promener pieds nus sur le plancher en pleine nuit ! C'est réconfortant de s'adonner à des plaisirs simples. Jouer du ukulélé, relire mes livres préférés, les picorer chapitre par chapitre. Écouter des disques en mangeant du pop-corn et regarder des films sur l'écran installé dans la chambre. Du cinéma maison, en attendant de pouvoir retourner dans une vraie salle. Regarder *Le Retour du Jedi* pour la dixième fois et le trouver encore mieux que d'habitude. Savourer les sensations minuscules avec l'appétit épique d'une traversée du Grand Canyon. Se laisser envahir par cette excitation qui se confirme : il est de plus en plus possible que je m'en sorte.

Ma sœur est venue me voir. Si j'étais resté deux mois à l'hôpital comme prévu, elle aurait dû passer par la case blouse-masque-charlotte. Alors sa venue ressemble à un goûter de Noël avant l'heure. On est bien au chaud et pour la première fois depuis bien longtemps, on a le droit de ne pas faire semblant de se rassurer.

Frisson

2 décembre 2014

Aujourd'hui, je suis rentré de l'hôpital à pied. J'avais oublié le regard du monde extérieur. Il peut être agressif lorsqu'on s'est déshabitué, et surtout quand on porte un masque. On me regarde comme un monstre gentil, de façon plus ou moins polie, insistante ou maladroite.

J'ai traversé la place de la République au ralenti, agréablement surpris par le soleil éblouissant. J'ai effrayé une petite fille. Certains pensent peut-être que je suis contagieux. D'autres imaginent que derrière mon masque se cache le visage d'Elephant Man. Quelques semaines auparavant, c'était presque vrai.

Je suis rescapé d'un crash en moi-même. Les papilles gustatives de mes émotions sont en alerte maximum. Le normal correspond à l'extraordinaire. Au fin fond de mes os, ma nouvelle mère biologique rend le merveilleux palpable. C'est un rêve d'enfant de voir une fleur sortir de terre. Comme dans un dessin animé, mais en vrai. Aujourd'hui j'assiste à ce prodige en direct : mon corps repousse ! Je me suis vu mourir, je me vois renaître. Bientôt, je deviendrai un autre moi. Libre de tout recommencer. Cette idée pulvérise la mélancolie.

Le panache roux

24 décembre 2014

Un duvet de plume commence à pousser sur mon crâne. Je vais m'acheter du shampoing pour tête d'œuf. Je ne suis qu'un poussin qui sort de sa coquille stérile, le souffle du vent me fait vaciller, mais je tiens sur mes pattes. Les doigts plantés dans le ciel et les pieds ancrés dans la terre ferme.

La beauté du grand peut-être circule : je suis désormais indépendant des transfusions ! Ce n'est pas un acquis, mais pour l'instant je tiens. Je ne suis donc plus un vampire et je passe de moins en moins de temps en pyjama.

Lorsque je reçois mes analyses de sang, j'ai l'impression que ce ne sont pas les miennes. Elles semblent trop bonnes pour moi ! Corps et esprit ont tellement dû compenser face au manque d'oxygène dans le sang que j'ai l'impression d'avoir des superpouvoirs. Au moment du diagnostic, je n'arrivais pas à réaliser que j'étais devenu un vampire. Aujourd'hui, je suis tout autant sidéré par cette nouvelle donne. Je suis de retour au pays des vivants. Intact et fondamentalement différent. « Ô moi, Ô la vie ? Réponse : Que tu es ici – que la vie existe et l'identité / que le puissant spectacle se poursuit et que tu peux y apporter ta rime », s'écriait Whalt Whitman. Ô passion ! Ô patience ! Ô Dame Oclès, qui traînaille encore dans les quartiers sombres de mes doutes. Le fait est qu'aujourd'hui, je peux vivre sans le sang des autres. Je suis un survivant hémato-poétique. Tout est possible à nouveau !

Je suis le plus vieil enfant du monde. Le plus jeune vieillard aussi. Un être chimérique avec deux mères. Sans le sang de cordon, Dame Oclès m'aurait sans doute coupé la tête à l'heure qu'il est. Le professeur m'a appris que le sang placentaire qui commence à me sauver la vie vient de Düsseldorf. Mon père étant né à la frontière allemande, la probabilité qu'une branche très éloignée de ma famille y soit pour quelque chose est importante. Ma mère était espagnole, mais physiquement j'ai pris du côté lorrain : rousseur, blancheur de peau et yeux verts. Est-ce que j'aimerais rencontrer ma nouvelle mère biologique ? Je ne sais pas. Je crois que oui. Pour la remercier, c'est sûr. Et lui donner quelque chose à mon tour. Il va falloir se creuser la tête jusqu'à la moelle pour trouver un aussi beau cadeau que celui qu'elle m'a fait.

Pour de nombreux mois encore, je vais être plus fragile qu'un nourrisson. Un bébé sans anticorps, car la ciclosporine, qui permet à mon corps de ne pas rejeter la greffe, va diminuer le champ d'action de mes anticorps encore longtemps. Mais j'avance vers le retour à la vie (extraordinairement) normale. À petits pas de géant. Les lueurs étincelantes de l'espoir explosent. Je regarde dans les yeux cette lumière traverser la glace. Je rêve de branches neuves, je les sens pousser, ça tremble, ça vibre à nouveau ! Cinquante ans de bonus pour ultra-vivre ! Feu sans artifice, bouquet final d'entrée de jeu ! Maintenant et pour toujours. Ma barbe repousse, mes cheveux sont doux comme ceux d'un enfant renard ou la queue d'un écureuil. C'est le retour du panache roux ! Je sens les flèches d'adrénaline remonter le cours de mes veines. Elles se changent en fusée. Le décompte est lancé, les réacteurs émotionnels chauffent et brûlent de plaisir. Cette fois, je crois que c'est bel et bien reparti.

« *I'm transforming, I'm vibrating, I'm glowing, I'm flying… Look at me now* », chantait Nick Cave. Il faut que je me fasse à cette idée : rien ne sera plus jamais comme avant. Me faire sauver la vie est l'aventure la plus extraordinaire que j'aie jamais vécue.

MERCI

Lors de ce voyage en enfer, j'ai croisé des personnes qui m'ont sauvé. En bord de mort, j'ai vu des humains décevoir jusqu'à la catastrophe. J'en ai vu d'autres se révéler, devenir puissants et poétiques.

Générateurs d'espoir, diffuseurs de lumière douce, à coups d'énormes trois fois rien, vous m'avez peut-être sauvé. Tout se joue dans les détails, dans l'accumulation des petites choses. Je n'aurai jamais assez de cette vie neuve pour remercier tous ceux qui m'ont soutenu. Donneuses et donneurs d'amour, de sang, de solutions médicales et d'élan, vous êtes mes Walt Whitman. À mon tour d'essayer d'en être un.

Merci à Rosy, à Germain et Lisa, à tous mes proches. Merci au professeur Peffault de Latour, à Lise Willems, l'hématologue à voix douce, au professeur Didier Bouscary et au professeur Gérard Socié, ainsi qu'à tout le personnel des services hématologiques des hôpitaux Cochin et Saint-Louis, aux pharmaciennes de la rue de Bretagne.

Merci à Olivia de Dieuleveult de m'avoir accompagné dans l'écriture de ce livre.

L'Association AGRAH est une Association de recherche sur la GReffe de cellules souches hématopoïétiques, les Aplasies médullaires et les Hémoglobinuries paroxystiques. Si vous souhaitez faire un don, vous pouvez l'adresser à AGRAH Hôpital Saint-Louis, 1, avenue Claude-Vellefaux, 75010 Paris.

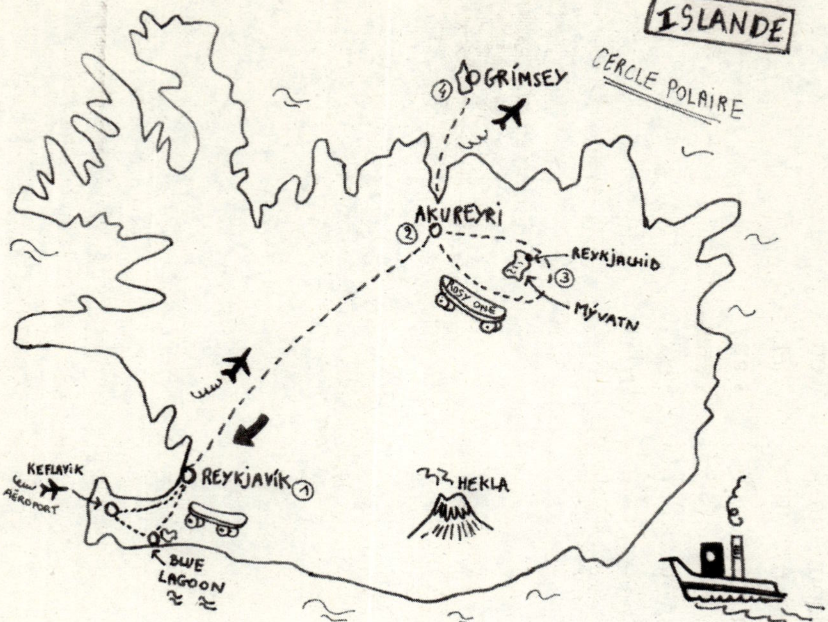
ISLANDE
CERCLE POLAIRE
④ GRÍMSEY
AKUREYRI ②
REYKJAHLID
③
MÝVATN
ROSY ONE
KEFLAVÍK
AÉROPORT
REYKJAVÍK ①
BLUE
LAGOON
HEKLA

CARNET DE BOARD

Se sentir comme
le tout petit prin
pendant plusieur
secondes d'affil
au sommet
du volcan Hver.

Quand j'ai raconté
mes histoires d'ours
à Joann Sfar... Encre
sur nappe en papier,
Morges, septembre 2016.

Les sources chaudes
du Blue Lagoon, où
l'on peut se baigner
sous la neige.

© Joann Sfar.

On the arctic circle

Le certificat de traversée du cercle polaire tamponné par le pilote de l'avion. Il me l'a personnalisé en ajoutant la mention « skateboard » en dessous de « set foot ».

Dans cette étrange boîte postale à Reykjavík, on peut adresser des lettres assorties de cadeaux surprises qui seront envoyés pour Noël.

Akureyri, au nord de l'Islande, où s feux rouges sont en forme de cœur dans toute la ville. Non loin de l'endroit où le moteur de Rosy One a rendu l'âme.

Lutin de laine
posé sur le rebord
de la fenêtre, à
Grimsey, et petits
panneaux au fond
du jardin : c'est
le passage du
cercle polaire.

La fameuse cascade de Godafoss,
entre Mývatn et Akureyri, où j'ai
crains de devoir passer la nuit.

Je me demande si les elfes
croient aux humains.

Rosy One
en pleine transfusion
d'électricité
dans une guesthouse
près du vieux port
à Reykjavík.

5 août 2016
Paris

« Je vais traverser l'Islande sur un skateboard à moteur », avais-je chanté à l'hôpital. Je composais cette formule d'automagie pour sceller un pacte entre mon présent et le futur. Conjurer le sortilège d'immobilité à coups de guitare folk. « Si je m'en sors, je le ferai. » L'espoir demande une pratique intensive de la rêverie. Cadenassé à un pied de perfusion, je rêvais comme on prie. L'imagination a toujours été ma religion préférée. Le mouvement est mon église. Skateboard ! Moteur ! Islande ! Quelque chose se fissurait dans la croûte du raisonnable. Un gaz de joie s'en échappait.

Un an et demi plus tard, je faisais l'acquisition d'un skateboard à moteur électrique avec batterie au lithium permettant une autonomie de vingt kilomètres. Noire laquée, la planche ressemblait à un morceau de basalte aplati par un rouleau à pâtisserie. Ses roues orange grosses comme des mandarines serties de roulements à billes. En hommage à celle qui sait se transformer en bouquet d'étincelles, je baptisai mon gracile esquif « Rosy* One ». J'en devins sur-le-champ pilote et capitaine.

Traverser l'Islande sur un skateboard à moteur était un vieux rêve. Je le déterrais tel un trésor de guerre.

Dans vingt jours, je débarquerai en Islande à bord de Rosy One.

24 août 2016
Paris

J'étrenne Rosy One dans les rues de Paris. Première découverte : cette machine est dotée du génie de la surprise. Lorsque je démarre au feu rouge sans que mon pied effleure l'asphalte, on me jette des regards d'extraterrestres. J'actionne le moteur électrique à l'aide d'une télécommande. L'effet tapis volant à roulettes est immé-

---

* Rosy est ma fleur de combat, elle m'a accompagné quand j'étais un vampire en pyjama. Encore et toujours, aujourd'hui et maintenant.

diat. Grimper les rues penchées d'Oberkampf me donne l'impression de surfer une vague de bitume. Je n'avais pas prévu un tel potentiel de magie incongrue.

Par contre, le pilotage de la bête demande une concentration de tous les instants. L'engin étant beaucoup plus lourd qu'un skateboard classique, il faut un sens certain de l'anticipation pour freiner. La télécommande est assez sensible, la délicatesse est de mise pour le démarrage et l'accélération. Le risque de s'autoéjecter façon rodéo électrique existe.

Dans deux jours, je débarquerai en Islande à bord de Rosy One.

26 août 2016
Paris-ciel-Reykjavík

L'heure du départ a sonné : stress joyeux de veille de Noël en plein été. Voyager léger, le cœur plein à craquer dans un mini-sac à dos… Lunettes d'aviateur sur le nez et planeur à roulettes sous le bras, je débarque à Roissy galvanisé par l'idée de recoudre rêves et réalité à coups de Rosy One.

J'ai une tendance aux crises de donquichottisme. Les volcans islandais seront mes moulins à vent. Tir à l'arc-en-ciel pour chasser les aurores boréales, elfes déguisés en flocons de neige, la bouilloire de l'imaginaire sifflote des airs de Morricone sous mon crâne. Le cœur fait caisse de résonance…

Mais le portique de sécurité de l'aéroport me ramène brusquement à la réalité. La batterie au lithium de mon skateboard ne plaît absolument pas au personnel de sécurité. Il pourrait prendre feu, disent-ils. Comme un très gros téléphone. L'agent de sécurité appelle un autre agent de sécurité qui appelle un autre agent de sécurité. C'est un tout petit peu amusant de voir ces grands gaillards en uniforme autour d'un skateboard avec un bonhomme à tête de cœur dessiné dessus. L'un d'eux appelle le commandant de bord au téléphone. Il ne répond pas. Mon rêve est en sursis. Je suis seul avec les agents de sécurité, tous les autres passagers ont embarqué. Le commandant finit par répondre au téléphone… Rosy One est finalement accepté à bord. Mais je devrai m'en séparer pendant le vol, au cas où j'aurais l'intention de m'en servir comme d'un objet contondant.

L'essentiel est là : une hôtesse tout enchignonnée marche au ralenti vers mon rêve, la planche coincée sous le bras comme un sac à main à roulettes. Le roulis de ses hanches me donne le tournis, j'ai pas mangé et presque pas dormi.

L'avion décolle et traverse le plafond nuageux pour nous emmener aux portes d'un monde de coton. Le sculpteur de ciel qui décore mon hublot a le coup de couteau fantastiquement souple. Nous traversons une zone de turbulence. Ça cogne contre la carlingue. On dirait que quelqu'un a planqué des briques dans les nuages.

Avec ce que m'ont raconté les agents de sécurité, j'ai quand même un peu peur de foutre le feu à l'avion. J'observe une petite famille toute en laine polaire confortablement endormie sur leurs sièges et je commence à culpabiliser. Un petit garçon s'hypnotise devant son hublot, une hôtesse de l'air vient lui offrir des friandises. Et dire que j'ai peut-être introduit une bombe dans leur avion !

Le vol se poursuit pourtant sans explosion de skateboard. Comme l'appareil s'enroule dans les nuages, on dirait qu'il fabrique de la barbe à papa. Le coton sucré se perce d'un coup, laissant apparaître la côte islandaise. Crocodile à peau de basalte, je vais monter sur ton dos !

Pull, coupe-vent et télécommande magique en main, me voilà qui traverse le parking de l'aéroport. Il fait dix degrés et le vent s'amuse à changer les vêtements en drapeaux. Perché sur mon fragile esquif, je slalome entre les très grands bus.

On me dit bonjour, on me fait des signes... Bientôt je verrai des elfes, je serrerai leurs mains invisibles et ils me feront des bras d'honneur pour m'encourager.

Bouillonnant de joie, je m'engage sur la route qui mène à Reykjavík. Il n'y en a qu'une, la fameuse route numéro 1. À la sortie de l'aéroport, toutes sortes de véhicules l'utilisent. Les grands bus se lancent à ma poursuite. Un monstre de tôle hurle en me doublant. Poids lourd contre poids très léger. L'appel d'air agit comme un mini-tremblement de terre. Le souffle me déséquilibre. Zone de turbulence identique à celle traversée en avion, sauf que le pilote c'est moi et que Rosy One n'a pas de cockpit ! Je suis arc-bouté sur ma planche. Ultra-crapaud, mais à fond dans le match d'entrée de jeu.

La petite voix de la raison me dit que je devrais rebrousser chemin, monter dans un bus et repartir de plus loin. Mais l'envie d'en découdre est trop forte. Je viens à peine de décocher la flèche, je ne peux pas m'arrêter.

Je surfe la bande d'arrêt d'urgence et ses cailloux piégeux. Vrombissement de voiture télécommandée face à la symphonie métallurgique des poids lourds. Après quelques kilomètres, les premiers volcans cabossent l'horizon. Véritables champs de lave couverts de mousse cousue main par des fées presque invisibles.

Un souffle épique traverse mes poumons. Je déguste chaque parcelle de vent, stimulé par ses gifles. Mon cœur devient une machine à vapeur.

Les paysages islandais provoquent un délicieux dérèglement. La métrique du temps allonge l'ultra-présent. L'imprimante à souvenirs, qui ressemble à s'y méprendre à celle fabriquant les rêves, se met en marche. Chaque vision s'y grave tel un polaroid.

Brusque retour au réel dans un carrefour compliqué. La bande d'arrêt d'urgence rétrécit furieusement et dans mon dos un nouveau monstre métallique défigure l'horizon. Ses grands yeux jaunes ne semblent pas me voir, sa trajectoire est rectiligne. Camion-dragon cracheur de gravillons ! Je bifurque sur le bas-côté et saute dans le fossé herbeux. Le claquement du coupe-vent me donne l'impression de sauter en parachute. Une planche à repasser surgie de nulle part valdingue sur la bande d'arrêt d'urgence. Reprenant mes esprits mais toujours aux aguets, je relâche la pression sur la télécommande. Je me sens tel un fugitif en K-Way échappé de son propre cerveau.

Je finis quand même par passer le carrefour, mais à pied, avec Rosy One sous le bras. La planche rendue obèse par son moteur me défonce les côtes.

Une voiture s'arrête. Spontanément. Un gars solide comme un défenseur de l'équipe nationale de football propose de m'avancer un peu. J'accepte, soulagé. On parle un drôle d'anglais. On ne se comprend pas vraiment, mais l'humeur est à la joie douce. Être embarqué ainsi, c'est recevoir un cadeau de plusieurs kilomètres à travers ma propre liberté. Nous philosophons sur le France-Islande à l'Euro car je suis persuadé qu'il est footballeur. Il est chanteur d'opéra. On trinque à la joie des volcans, à cette excitation vitale qui s'ébroue sous nos pieds.

Il me dépose à quelques encablures du Blue Lagoon, la mythique source chaude où l'on se baigne dans un volcan comme rempli de lait bleu. On se croirait blotti dans une noix de coco de l'enfer. Je dis cinq fois merci, il rigole. Nous nous quittons sur cette note de joie simple.

Je remonte à bord de Rosy One et improvise sur une route qui me projette en plein désert. Un colosse de lave cramoisie s'élève à mesure que j'avance. Je suis seul sur cette petite route de montagne au bitume plus noir qu'un café sans reflets. Je vole entre les grumeaux de basalte, hypnotisé par une montagne vivante. Je crie de joie et de vertige. Le plaisir est dédoublé par les points de vue sublimes que m'offre cette route imprévue.

En Islande, on peut pique-niquer sur la Lune. Les océans de tulle coupant ne sont jamais très loin. La pluie non plus, qui douche mon ultra-présent et m'oblige à télécharger à nouveau le logiciel de contrôle de Rosy One. En un instant, je m'étais fabuleusement oublié. On aurait vite fait de se perdre dans ces déserts de basalte. Je m'assieds sur mon skate à moteur pour laisser infuser le paysage.

Alors que je reprends la route, Rosy One hoquette tel un cheval fourbu. Les kilomètres et le vent ont eu raison de son autonomie électrique. Le génie de la surprise n'a pas que de bons côtés. Il faudrait que je me promène avec une éolienne plantée dans le dos pour traverser le pays sans m'arrêter. Je continue à pied jusqu'à trouver mon oasis d'électricité, une station-service posée au milieu d'un champ de lave.

Une vieille fée déguisée en Islandaise accepte gentiment que je recharge Rosy One. Elle a une façon de rouler les « r » qui donne envie d'habiter ici pour toujours. Je lui pose quelques questions sur l'histoire de cette route dont la construction aurait été interrompue pour ne pas déplacer un rocher habité par les *huldufólks*, les elfes… La vieille fée déguisée me répond le plus tranquillement du monde : « Il y a beaucoup d'accidents sur ce chantier », et sans aller jusqu'à me dire qu'elle croit aux elfes anti-bitumisation, elle conclut par un : « Il est préférable de ne pas insister » en me vendant un paquet de chips.

Un ciel d'argent remué par le vent secoue ses arcs-en-ciel sur la station-service. Je cueille mes souvenirs tout frais pour les consigner dans ce que j'ai appelé mon « carnet de board ». Déchargement d'émotions pendant que la batterie, elle, se recharge… Puis je repars.

La nuit s'avance, casse des glaçons sur ma tête. Heureusement, le Petit Poucet a semé une guirlande de cailloux lumineux pour m'indiquer le chemin de Reykjavík. Surfer les collines de bitume de la mini-capitale sous le regard amusé des autochtones me donne des sensations de vainqueur du Tour de France version Playmobil. Quelque chose d'immense et de minuscule à la fois.

Une fois arrivé à ma première étape, je réalise que la chambre de ma guesthouse ressemble à celle de l'hôpital. Lit. Chaise. Table de chevet. Fenêtre. Je me revois dans cette chambre stérile, arc-bouté sur ma guitare folk, à chanter tout doucement, pour ne pas gêner les autres patients, « je vais traverser l'Islande sur un skateboard à moteur ». Même disposition de chambre certes, mais dispositif radicalement différent. Car ici je peux décider de sortir. C'est la rampe de lancement vers l'improvisation. Ne pas savoir ce qui va se passer m'apaise. Depuis la greffe, plus on m'organise un planning, plus j'angoisse.

Je savoure donc la joie de m'asseoir au hasard dans un bar et de retrouver mon ami whisky-Coca. Englouti dans les sonorités de l'accent islandais, je me laisse aller au presque rien. L'hypnose est contrariée par quelques mots en français. Je fuis de l'autre côté du bar. Là, un petit gars sympathique aux yeux vifs me dit : « Tu ressembles au chanteur de Dionysos. » Je n'ai ni envie de parler français, ni de redevenir celui que je suis le reste de l'année. Ici je suis pilote de skateboard à moteur avec un K-Way trop grand. Point. Mais je suis coincé. Il a le droit d'être là lui aussi, et en plus il fait cette remarque gentiment.

C'est son père qui lui a fait découvrir le groupe, ce qui me donne l'impression d'avoir cent quarante ans. Quelques minutes plus tard, on grimpe l'Himalaya du whisky avec son grand échalas de pote espagnol. Les deux sont alpinistes, possédés. Don Quichotte et Sancho Pança version Grand Nord. Nous trinquons à l'adrénaline et à la grande machine à fabriquer les souvenirs extraordinaires. En vingt minutes, j'ai l'impression de les connaître depuis vingt ans. Quand on a largué les amarres, le cousinage d'état d'esprit réconforte et stimule. Les histoires folles fusent entre les whiskys. Ils rentrent le lendemain, ils ne veulent plus aller se coucher et moi je me lève à l'aube. Le temps passe en accéléré. Nous ricochons de bar en bar sous les guirlandes d'un Noël en été et nous séparons comme trois vieux frères venus d'un autre espace-temps. Celui de la joie du hasard et des histoires saupoudrées de whisky.

Je rencontre quelques menues difficultés à retrouver le chemin de ma guesthouse avant de m'endormir quelques heures aux côtés de Rosy One, bercé par le son de la neige.

27 août 2016
Akureyri-lac Mývatn

Je dégringole le tout petit matin jusqu'au minuscule aéroport des vols internes. On dirait une station-service avec des avions. Je traverse le tarmac en skate. Pour ce vol-là, personne ne s'inquiète de la batterie au lithium de Rosy One. Personne ne s'étonne de me voir embarquer avec un skateboard à moteur. Je ne sais pas trop comment interpréter cet accès de simplicité. L'avion décolle : cap au nord !

J'effleure le cœur de l'Islande par le hublot, j'aimerais ralentir l'avion. Prendre le temps de m'évaporer dans ces hautes terres. Inventer un skateboard tout-terrain pour traverser à même les champs de lave. Changer les roues de Rosy One pour des patins et me faire trimballer par des rennes sur les glaciers. Ne pas utiliser d'avion, foncer tout droit au ralenti. Les rêves sont des poupées russes inversées, le prochain est blotti au creux de celui que je réalise aujourd'hui.

Une fois revenu sur la terre ferme, je suis ramené à la réalité par les toussotements de mon destrier. Hier soir déjà, Rosy One avait montré des signes de faiblesse. Vibrations étranges dans la télécommande et crises d'asthme électrique dans les rues grimpantes de Reykjavík. J'avais un mauvais pressentiment, mais je ne voulais pas me gâcher le plaisir en imaginant une panne.

Mais malgré une bonne nuit de repos (transfusion d'électricité à la clé), voilà que le moteur me fait à nouveau le coup des à-coups. On dirait que je fais du rodéo sur un cheval invisible. Impossible de le contrôler.

Tout le « petit peuple » *huldufólk** se fout de ma gueule. Tout le grand aussi. Le fjord d'Akureyri m'observe, avec ses allures de géant fossilisé. En se solidifiant, la lave lui a creusé des

* Petit peuple invisible islandais : elfes, fées, trolls…

rides d'expression. Il a pas l'air commode ! Mais quand mon vaisseau spécial s'arrête net et me projette vers l'avant, il se marre comme Pierre Richard. La batterie est chargée, mais plus rien ne se passe lorsque j'actionne la télécommande. Je prends le Rosy One dans mes bras. L'animal blessé est alourdi par la pluie. Mon moral de chercheur d'or en prend un coup.

Je décide de retourner vers Akureyri pour prendre le bus à destination de Mývatn. Un parfum mélancolique de défaite en finale de l'Euro me gagne. Le vent joue au jeu des gifles et Rosy One pèse deux tonnes. J'aurais préféré que le moteur explose au contact du cercle polaire, ou me faire piquer la télécommande par un troll !

Des flocons gros comme des avalanches tombent au ralenti, explosant en silence sur mes talons. Il va falloir faire le deuil de Rosy One. Je me console en pensant à *La Croisière sur le Snark* de Jack London, aux kilomètres de rêve qu'il avait entassés sur le pont de ce bateau. Quelques milles après son départ, celui-ci avait eu une avarie. Jack London l'avait réparé, était reparti, et on peut dire qu'il est plus qu'arrivé quand, débarqué à Hawaii en 1907, il avait découvert le « sport des rois » : le surf !

Je viens de croiser le dernier bus pour Mývatn. L'heure tourne et les nuages cendrés accélèrent la tombée de la nuit. Cent kilomètres me séparent de mon prochain lieu de villégiature : une cabane en bord de lac comme j'en rêve depuis tout petit. Cent kilomètres et plus de bus, plus de moteur mais un skate de dix kilos à porter sous la pluie. La débâcle !

En tant que capitaine de mon équipe d'un seul homme, je décide de me séparer de Rosy One pour voyager plus léger. Mais je ne peux me résoudre à abandonner sa carcasse dans la rue comme un vulgaire détritus. Trop de rêves dans les interstices.

La question du panache me tord le cœur. Le plus raisonnable serait de trouver un couchage sur place et d'oublier les berges du miroir à aurores boréales qu'est le lac Mývatn. Mais quand je suis au bord de m'y résoudre, j'aperçois un skate classique dans la vitrine d'une petite boutique.

J'entre dans le magasin avec mes lunettes d'aviateur, mon K-Way bleu d'agent de police des années 1980 acheté à Hawaii et mon bonnet Spider-Man, fidèle cacheur de boule à zéro il n'y a pas si longtemps. Un brin taquin, le vendeur me demande gentiment ce que je fais au nord de l'Islande avec un skateboard à moteur, et en panne qui plus est. Il me fait remarquer que le climat de la Côte d'Azur est beaucoup plus adapté à ce genre de pratiques. Il accepte tout de même de me vendre l'un des trois skates de son stock. Il me change les roulements et les roues pour améliorer la qualité de glisse en me demandant d'être prudent : ma dégaine de tente de camping et mes histoires de voyage initiatique en terre boréale ne lui inspirent rien de bon…

Je lui achète un foulard polaire pour colmater les brèches de froid entre mon bonnet et mon K-Way, puis un énorme pull islandais tondu sur un mouton du coin quelques jours plus tôt. Je commence à me fondre dans la population. Je ne suis plus un vampire en pyjama, mais je me trouve toujours un air de flocon de neige perdu lorsque je croise mon reflet dans la vitrine de la boutique. Un lutin sans pouvoirs magiques avec un skate sans moteur mais des rêves plein le bonnet !

Le vendeur me donne son adresse Facebook et me demande de lui laisser un petit mot si je parviens à atteindre les berges du lac Mývatn ce soir. Je lui laisse la dépouille de Rosy One, la télécommande et la batterie. Je me sens allégé, presque soulagé. Un deuxième voyage commence.

Je repars à l'attaque du fjord d'Akureyri à bord de Rosy Two. Si je ne pousse pas sur les jambes, c'est le vent qui s'en charge. Mon corps fait voile, j'écarte les bras façon Christ à roulettes. Les yeux mi-clos, je savoure ces quelques minutes de grâce éphémère. Car pour atteindre Mývatn, je vais devoir traverser l'estuaire. Et là, le blizzard se chargera de me ramener sur la terre des hommes.

Un nuage est assis sur le pont que je dois traverser. Il étire ses tentacules jusqu'à disparaître dans les brumes. Le vent monte les œufs en neige. Du coup, cette fois-ci, si je ne pousse pas sur les jambes, je recule. J'entre au ralenti dans la gueule du nuage. Hurlements de silence lacéré par les moteurs. Je ne vois rien d'autre que du blanc. Prisonnier dans un flocon. Je commence à regretter feu Rosy One. Mes muscles manquent d'électricité. Les ombres du soir sont en avance et moi je prends du retard. Akureyri s'estompe derrière mon épaule. L'horizon a fondu dans le ciel. La chaussée ruisselle. Le froid déclenche le distributeur de larmes automatiques. Trop de buée pour utiliser mes lunettes d'aviateur. Pourquoi me confronter à cette furie absurde ?

Ce besoin de confondre joie et mélancolie dans un même élan s'est exacerbé depuis la greffe. Serai-je capable un jour de me contenter d'un voyage en canapé ? Pourquoi est-ce que je m'ennuie presque toujours au restaurant ? Quelle sera la prochaine étape ? Laponie à dos de renne handicapé ?

Je ressens tout plus fort, le bon comme le mauvais. Sismographe émotionnel rouge-orange. Lever-coucher de soleil permanent. Étoiles et lune en suspens. Allez, magie, c'est le moment d'agir ! Peuple invisible, montrez-vous ! Envoyez un commando d'elfes pour découper les nuages ! Glissez-moi des fées dans les mollets !

Me voici au pied d'un raidillon qui s'échancre au beau milieu d'un nuage noir. Je ne peux plus rouler. Marcher me donne l'impression de reculer. Je m'incline face au vent, imaginant que je pourrais être confortablement assis au creux d'une gondole à Venise. Je n'arrive toujours pas à m'expliquer pourquoi tout ça m'amuse. Le fait est que cette sensation de panache enfantin me galvanise. Ici je ne dois rien à personne. Pas de comptes. Le temps se déforme, l'avancée de la nuit est mon seul chronomètre. Je déguste son whisky de mercure, l'esprit emparfumé de liberté, ce mot trop grand aux sensations bien réelles. Ici et maintenant, perdu dans le grand rien avec mon petit skateboard.

Un camion de dépannage me double dans un fracas de métal. Je lève mon pouce comme une statue de la Liberté gelée. Miracle, il s'arrête. Je m'essaie à l'humour, avec mon accent anglais du Midi : « Dépanneur de skateboards sans moteur ? » Pour toute réponse, mon sauveur se contente d'un geste de bienvenue. Je grimpe dans son canot de sauvetage, l'odeur de chauffage me donne la nausée. Je n'ai jamais été aussi heureux d'avoir envie de vomir.

Le vaisseau de mon sauveur brinquebale à la moindre oscillation du bitume. « Icelandic highways ah ah ! », ponctue-t-il chaque fois. L'aquaplaning est une question qui ne se pose pas : il conduit son camion comme un hors-bord. Des gerbes d'eau s'élèvent de la route et fabriquent des arcs-en-ciel quand le soleil daigne lever une paupière. L'engin dévore la route et engloutit des kilos de mètres, insatiable. Il descend les pentes vertigineuses du fjord avec l'habileté d'un demi de mêlée. Un bulldozer affable. En guise de bouquet final, le chauffeur me dépose devant la cascade de Goðafoss. Un feu d'artifice bleu-blanc-vert de brute épaisse. « Powerful », comme il dit, ponctuant sa remarque du même « Ah ah ! » qu'après m'avoir fait décoller de mon siège sur une ornière. C'est le maître-nageur des véhicules en perdition. Je le remercie beaucoup. « You're welcome, ah ah », m'assène-t-il en me fixant avec ses yeux de paratonnerre.

Back to Rosy Two. Une petite descente amusante me fait oublier quelques instants que je n'ai plus de moteur. De retour dans la plaine, je redeviens ma propre électricité. L'effort a un goût de joie poivrée. Ivresse de la bagarre en plein air.

La note se paye en acide lactique. J'ai des glaçons à la place des genoux. Les voitures me dépassent en faisant semblant de ne pas voir mon pouce, ou font des gestes bizarres avec leurs doigts comme s'ils étaient télépathes et qu'ils savaient où je voulais aller. Alors que même quelques centaines de mètres, à l'heure qu'il est, je prends.

La route s'élève, bondit à travers les champs de lave. On dirait des roses des sables en acier lustrées par un orage. Il en pousse partout comme un bombardement inversé venant du centre de la Terre. Les voitures allument leurs phares, parfum de nuit sans étoiles.

J'aime l'Islande et lui réitère ma déclaration d'amour-passion. Elle m'en fait voir de toutes les couleurs, mais elle a profondément bon fond. Elle sent le soufre lorsqu'on fait couler de l'eau. Des œufs pourris invisibles se collent sous les narines. Dans ces moments-là, je crois au « petit peuple », des trolls spécialisés dans les plus terribles pets se cachent sans doute dans les robinets.

Tue-l'amour ? Non. Envoie tes trolls malades et tes camions avaleurs de fjords, ma muse ! Je sais que derrière le rideau de pluie, je serai récompensé.

Comme j'entre dans le ventre du monde le pouce levé, une voiture charriant des chevaux coiffés à la mode Chris Waddle qui a croisé un bobtail s'arrête sur le bas-côté. Sauvé par une fermière en veste polaire ! On se croirait à Grenoble dans sa voiture. Très grosses chaussures et matériel d'escalade partout. « J'aime pas trop les touristes », me précise-t-elle en guise de bienvenue. Je suis pilote de skateboard, je ne me sens pas concerné.

Elle me raconte la neige en hiver. Les sept mètres qui tombent chaque année à l'endroit précis où nous nous ébrouons. Le tunnel de glace qu'ils creusent pour approcher le lac. Le printemps qui le fait fondre et l'été qui permet enfin aux touristes, qu'elle n'aime pas trop, de passer.

Je regarde la nuit tomber sur le pare-brise. Ses essuie-glaces tentent en vain d'en ralentir la chute. La voiture cahote sur un chemin herbeux qui s'arrête devant un ranch. De près, on croirait les volcans qui nous entourent décapités par la brume. Nous sortons de la voiture tandis qu'une version islandaise de Geppetto se lance à notre rencontre : le dresseur de licornes local. La jument et son adorable poulain angora quittent le van de ma sauveuse, tandis que me voilà rendu à l'air libre. Des nuages dodus s'amoncellent entre les feux d'un coucher de soleil anthracite.

Ravi de retrouver Rosy Two, je chemine pied au plancher de ces petites vaches portant des pulls en laine trop grands et qu'on appelle « moutons ». J'atteins finalement le village de Dimmuborgir. Et juste après, au bord du lac Mývatn, comme promis par mes rêves les plus fous et l'organisation sans faille de ma femme-fleur, Rosy l'Unique : mon rêve de cabane. À mi-chemin entre celles de Roald Dahl, Sylvain Tesson et des Schtroumpfs ! Aux murs, des photos d'aurores boréales où le ciel est un lac phosphorescent traversé d'un banc de néons. Je touche du doigt cette effrayante joie que procure l'immensité. Plaine remplie de fantômes, forêt d'arbres invisibles aux racines plantées dans le ciel pour puiser leur sève à même les étoiles.

À l'intérieur de ma cabane, des lits superposés. Mon cœur chavire en silence, scandant des souvenirs de vacances en famille dans les Alpes du Sud. Le chocolat chaud, les crêpes et les parties de dominos. La démarche de robot de mon père en chaussures de ski. Ma mère et ses bottes en peau de Chewbacca qu'elle n'arrivait pas à retirer toute seule. Les bretelles qui se détachent sous le pull, les tire-fesses réputés pour arracher au démarrage. Les télésièges qui s'arrêtent, comme pour nous faire entendre le vent chuchoter entre les cimes. Le silence symphonique de la glisse en poudre. Le son de la neige. Le son de la neige. Le son de la neige.

C'est sans doute là que je me suis prédisposé à tomber amoureux du froid.

28 août 2016
Mývatn-Akureyri

Je quitte la cabane après un petit déjeuner en bord de lac qui m'a donné envie de fabriquer une maison en briques de gaufres ; et aussi d'adopter des huskies. Pour inventer le surf tracté par chiens. Un rêve à réaliser l'hiver prochain.

Mon objectif, skateboarder sans morphine* ni moteur et traverser un champ de lave. Basalte retourné, fissures-morsures et tremblement de lune, mais avec au milieu un chemin parfaitement goudronné ! Chaque centimètre de ride procure son festin d'émotions.

Je traverse un couloir de lave pour basculer sans transition dans un monde de fleurs électriques et de mousses phosphorescentes. Le vent se fait marionnettiste. Les ultra-violettes dansent le hula hawaiien en rythme avec les contorsions volcaniques. Je blottis mon regard dans chaque

---

* Contrairement au *Skateboarding sous morphine* que je chantais de l'hôpital quand j'étais encore à la merci de Dame Oclès.

recoin, car ces mousses de couette sont censées abriter une population de *huldufólks*, d'elfes donc, parmi lesquels pas moins de treize Pères Noël ! Avec mon look *hobo* de skateboarder des neiges, les rares personnes que je croise me regardent comme si j'étais le quatorzième.

En face, le volcan Hver, véritable Flamby de cendre noire démoulé en plein désert de lave. Son hoquet provoque des tremblements de terre. Sa moelle osseuse produit des globu-laves, son système immunitaire floconneux ne le protège pas de son feu intérieur. Son cœur saigne en poudre pour toujours.

Un frisson de félicité me traverse. Hver, je vais monter sur ton dos. Et à ton sommet, je planterai Rosy Two.

Le serpent de route se change en piste cabossée. Je croise un vieux type déguisé en tente Quechua avec des chaussures encore plus moches que les miennes. Il me salue fièrement avec son bâton de ski. Je lui rends la pareille avec mon skateboard. Tout à coup, je réalise : Était-ce un troll ? Un randonneur grenoblois ? Mystère…

Depuis une heure, je n'ai pas croisé âme qui vive à part des oiseaux. Leurs battements d'ailes s'enroulent dans les bras du silence. Le magnétisme du volcan Hver augmente, j'ai l'impression qu'il avance vers moi. Mes propres pas m'intimident. Peut-être devrais-je retirer mes chaussures pour l'alunissage ?

Il me reste moins de trois heures pour atteindre le village de Reykjahlíð si je veux attraper le dernier bus. Si j'échoue, je suis bon pour un nouveau contre-la-montre en stop avec la nuit. Je décide d'attaquer l'ascension du volcan de face. Le sable noir se dérobe sous mes pieds. Plus je regarde le sommet, plus il semble s'éloigner. Je plante mes pieds dans la poussière du monstre Hver.

Je commence à grimper en zigzag, pour bien planter les carres de mes chaussures. Mes jambes explosent. Je suis seul. Personne à l'horizon. Les pauses deviennent plus longues que les périodes d'ascension.

Le sommet continue de s'éloigner... Peut-être qu'il n'existe pas. Peut-être que ce n'est qu'une chimère géante planquée dans les fleurs. Puisqu'il n'existe pas, autant redescendre. Surtout que mon cœur, cet oiseau prisonnier de ma cage thoracique, a décidé de s'envoler. Quitte à se déchirer les ailes contre les barreaux.

Mes muscles me supplient d'abandonner, mais je ne peux pas me faire ça. Je dois continuer. C'est entre moi et moi, et je ne sais même pas pourquoi ! Un souffle de rage m'emparfume au-delà de la douleur physique. Je *dois* arriver au sommet. Alors que je n'avais pas prévu de l'escalader. Je me sens aspiré. Ivresse des profondeurs inversée. Peut-être est-ce l'envie de prendre une revanche sur le moteur cassé de Rosy One ?

C'est plus dur qu'un slam des Eurockéennes sur une mer de fans de heavy metal bourrés*. Et puis sur scène, je n'ai pas d'autre choix que de revenir. Là, il me suffirait de redescendre. Personne ne me dirait rien. Personne ne verrait rien. Je pourrais même dire que je l'ai monté en courant sur un pied, que j'ai parlé football et poésie avec un lutin au sommet.

En vrai, j'ai des canifs dans les mollets. Mes cuisses se solidifient. Mes poumons prennent feu. Je n'ai plus vécu un tel déchirement physique depuis les slams de fins de festival 2012. Mais le sommet se rapproche enfin, ce serait dommage d'abandonner si près du but…

Il me reste encore un bon quart de volcan à grimper. Le silence tonne. Coups de boutoir sous mes tempes. Mon sac à dos s'alourdit comme si un troll s'amusait à y ajouter des pierres. Sauf que c'est moi le troll, avec mes muscles de jeune-vieux. Dernier coup d'œil au sommet, il est à la fois près et loin. Je décide de ne plus le regarder

* Traverser sur une foule de trente mille personnes à bout de bras, dont certains éléments peuvent se révéler très agités.

avant de l'avoir atteint. La poussière de cendres se fossilise en roches dégringolantes à mesure que j'avance. Je me promène entre les dents d'un monstre (pas tout à fait) endormi. Ce panorama dramatique fait gronder la joie sous mes os. Je rêve-éveillé ! Progressant pas à pas, je fixe mes chaussures de marcheur comme s'il s'agissait des pieds de quelqu'un d'autre.

Soudain apparaît une cordelette, tendue entre deux piquets. Je lève la tête : c'est le sommet !

On dirait le cœur de la Terre après une rupture compliquée avec une étoile. Le cratère du volcan Hver est plus grand que le Stade de France. On pourrait y jouer un Championnat de fées première division. Dans les gradins, rien d'autre que la désolation élégante du temps qui ralentit et ses fantômes de fantômes.

Tout à ma joie dans ce décor lunaire, je longe ma récompense et croise de nouveaux hommes Quechua, de ceux qui vénèrent le Dieu « Toutenkaway ». Je marche sur la Lune, je marche sur Mars, je marche sur la planète bleue à l'époque où elle était rouge. L'apparition d'un stégosaure derrière mon dos ne serait qu'une demi-surprise. S'il m'attaquait, je me servirais de mon skateboard comme bouclier et je le giflerais à coups de sac à dos.

Tout autour, l'horizon se cabosse à nouveau de cratères en fusion. Les bouillottes de terre cuite géantes fulminent en silence. Une flaque de boue glousse. Peut-être des fées en train de se foutre de la gueule de mon K-Way ? Je suis trop fatigué, ou pas assez, pour voir les lutins.

J'évolue en apesanteur inversée. Je m'alourdis à chaque pas. Le sol aspire mes mollets. Je suis en plein milieu du grand rien. L'horizon me prend pour un con depuis des heures ! Je n'ai plus de batterie à mon téléphone. Ça tombe plutôt bien, il n'y a pas de réseau.

Le couvercle de la nuit avance. S'il se referme sur le cratère, je suis cuit. J'accélère, utilisant Rosy Two comme canne. C'est à peu près aussi pratique que se laver les dents avec une brosse à cheveux. J'ai l'impression d'être un putain de Gandalf handicapé. Et toujours pas la queue d'un troll !

Se promener sur le cœur de la Terre, ça se mérite. On l'entend battre, au fond du silence, tel un gong défoncé frappé par un marteau de brume. À moins que ce soit mon propre pouls… Moi l'orphelin de mes propres globules, moi le nouveau-né d'un sang de cordon vintage je suis un globule bleu, et je charrie l'oxygène de mon rêve entre les muscles et mon cerveau. Extase hypnotique ! Effusion d'acide lactique dans mes quadriceps, tandis qu'autour le grand couvercle de la nuit se penche sur l'horizon.

Une fumée de barbe à papa s'échappe d'un lac phosphorescent. C'est la source d'eau chaude de Mývatn Nature Baths. Les gens s'y baignent dans un lait turquoise et les elfes du coin fabriquent du chocolat bleu. Ou l'inverse. J'aimerais arrêter la nuit pour prendre le temps de me délasser au creux de ce lagon des neiges. Mais une centaine de kilomètres me séparent encore de ma prochaine étape, l'avion miniature qui m'emmènera au bord du cercle polaire : l'île de Grímsey et son élégant ratio de mille oiseaux par habitant (qui sont soixante-dix-sept). Il paraît qu'il y a un chat qui roule les « r » quand il miaule. Traverser le cercle polaire à bord de mon vaisseau spécial : voilà le sommet du rendez-vous avec soi-même !

C'est bien beau tout ça mais en attendant, aucun des bus garés sur le parking du paradis polaire ne m'accepte ! Ils font tous partie de tour-opérateurs, du coup même lorsqu'ils ont de la place ils refusent de me laisser monter. J'insiste pour payer ma place mais on me regarde comme si j'étais un SDF de l'espace.

Je suis un exilé poétique échappé de mon propre rêve. J'ai chevauché un volcan trop grand pour moi, et là tout de suite j'aimerais bien me laisser bercer par un moteur de bus, m'endormir devant un film de fenêtre.

Mais non. Je repars en skate. La course contre le monstre est engagée. Le chemin de caillasses hétéroclites qu'ils appellent route fait trembler Rosy Two. Des fourmis géantes me grignotent les chevilles. Les voitures me doublent au ralenti. Chaque dizaine de mètres est une épopée en soi. « Akureyri, 97 km », annonce le panneau.

Mais le doute ne parvient pas à éteindre cette flamme de joie. Être, là, ça me plaît. Je me sens entièrement moi, ici et maintenant. Je veux toujours être ailleurs ? Eh bien ça y est, j'y suis ! Moi, l'ultra-nerveux devenu plus hypocondriaque qu'un centenaire en pleine jungle équatoriale, je me sens apaisé. Tranquille avec mon souffle court, à remonter la route des astéroïdes. Akureyri, 92 km.

Au détour d'un clafoutis de basalte, une nouvelle route. Son revêtement est doux comme l'eau d'un lac. Un léger vent me pousse dans le dos. Mes bras sont des ailes, des plumes poussent à travers mon K-Way. Le village de Reykjahlíð (et son hypothétique bus) apparaît, blotti contre l'horizon. La pente s'accentue, Rosy Two prend de la vitesse. Un film en mode panorama se déroule au fil des courbes. À bâbord, une licorne rose invisible vomit un arc-en-ciel ! À tribord, un cratère s'encotillonne dans la brume. Surf de bitume. Debout comme sur le pont d'un bateau pirate. La pente s'accentue plus encore. Des bosquets de mousse phosphorescente s'enracinent dans le ciel. Un cumulus dodu s'éventre au sommet d'un volcan. Je hurle-chante, je m'encourage. Action dangereuse car les roues de Rosy Two dérapent dans les virages, nécessitant toute ma concentration.

Je pilote, je commande, mais je n'y vois rien. Le nuage se casse en deux. Une voiture en sort tel un mauvais génie. Le soleil se déplie sur la route, changeant le bitume en ciel étoilé. Je vole sur une planche à roulettes. Même les mouettes se foutent de ma gueule.

Encore de la pente. Plus douce. Désert à volonté, crème de courbe, parfait de tout droit à déguster les bras en croix. Freiner serait gâcher. Je gâche un peu quand même. Je surfe la douce inclinaison jusqu'à retrouver le presque plat.

Le village de Reykjahlíð ressemble à une station spatiale abandonnée. Silence et majesté. Le temps semble s'être arrêté à peu près partout sauf dans la station-service posée au recommencement des montagnes. Tout autour, la nuit enfile son pyjama d'étoiles. La route s'élève jusqu'à se perdre dans une brume de coton. Les volcans cabossent l'horizon que je dois encore traverser pour atteindre Akureyri.

Les roues de Rosy Two peinent à avancer parmi les grumeaux de bitume. Ce skateboard a l'avantage d'être léger, je peux le prendre sous mon bras. Je sors mon pouce d'auto-stoppeur. Drapé dans un K-Way et la flamme du désir attisée par le vent, je suis la statue de ma Liberté.

Mais le vent menace d'éteindre ma flamme. Je ne sens plus le bout de mes doigts ni de mes pieds. Mes os-grelots sonnent la mélodie du froid. Un fantôme de glace est en train de m'effacer avec sa gomme. Pas une voiture. Pas un chat. Rien que du rien à l'abandon. La veillée s'annonce on ne peut plus incertaine…

Quand soudain une voiture surgit des nuages. À la vue de mon pouce levé elle ralentit en silence, tel un train fantôme entrant en gare au milieu de la nuit. La portière s'ouvre. Un petit barbichu au regard pétillant m'invite à l'arrière. À ses côtés, une fée avec un sac à dos si gros qu'elle pourrait dormir dedans. Ce type fait le ramassage scolaire des cancres de la route, ceux qui se laissent surprendre par le crépuscule. Il y a du piano dans sa voiture. Pas très fort, juste un parfum d'atmosphère.

Les situations extraordinaires accélèrent les particules de complicité. Embouteillage de moutons, homme qui passe sa tondeuse sur le toit de sa maison herbue, rien n'est extraordinaire ici, puisque tout l'est. C'est tout le génie de la normalité magique.

Tout à coup, au beau milieu d'un champ de lave, un arrêt de bus et une mamie plantée là, avec un sac de courses. On pourrait trouver le même arrêt de bus dans la banlieue de Saint-Étienne et la mamie livrée avec n'a rien d'une sorcière de conte de fées. Mais quand on lui demande la direction de la cascade de Goðafoss, elle se met à nous l'indiquer en précisant tout naturellement les coins à elfes. Comme si c'était normal. Tel rocher, tel parc. Plein d'elfes. Avec la même bienveillance anodine que lorsqu'elle nous indiquait la route à suivre, la voilà qui nous recommande d'éteindre le moteur de la voiture suffisamment tôt pour ne pas les effrayer. Puis elle repart, avec son panier rempli de fraises d'élevage volcaniques. Dans la voiture, nous sommes tous pris d'une excitation enfantine. Pourtant, aucun de nous ne croit que des lutins de quelques millimètres se cachent dans des cailloux de lave. Rien de mystique ici, juste ce filet de joie que l'on ressent quand on dispose des cadeaux au pied d'un sapin pour un enfant croyant au Père Noël.

Une symphonie de moteurs célestes couvre le son du piano : nous approchons de la cascade ! Le conducteur à barbichette coupe le moteur pour laisser glisser son véhicule. La jeune fille au sac à dos sourit. Ça me fait sourire de la voir sourire. Tout le monde pense aux elfes, on ne voit que du basalte mais l'évidence de nos pensées fait circuler la magie à mots couverts.

La voiture redémarre doucement. Le temps reprend son cours, rattrapé par la nuit. Dans quelques kilomètres, nous atteindrons le carrefour qui sonnera la fin de notre covoiturage. J'aurai gagné cinquante kilomètres sur la centaine qui me séparent encore du fjord d'Akureyri.

Mais mon rêve d'embarquer pour le cercle polaire à l'aube n'est toujours pas à portée de skateboard. Les elfes invisibles partent se cacher dans mes souvenirs, et le contre-la-montre avec la nuit mobilise toutes mes pensées. Une ondée de neige fondue grumelle le pare-brise, la demoiselle resserre les sangles de son sac à dos.

Et pile au moment où elle devait s'arrêter, la voiture s'engage dans le carrefour et continue en suivant le panneau « Akureyri ». « I spend good time with you, guys, I drive you to Akureyri ! », dit le barbichu magique avec un accent à couper au coutelas.

Effet papillon invisible. Battements d'ailes de fée en bord de cascade et silence de complicité s'installent dans la voiture. Le temps vient de s'accélérer de cinquante kilomètres !

Arrivés au fjord d'Akureyi, nous nous séparons en quelques secondes. Hors de la voiture, on découvre qui est plus grand que l'autre et la couleur de nos chaussures. Je ne sais pas trop comment dire au revoir à mes amis du moment, du mouvement. On ne se connaît pas assez pour se dire « goodbye ». Ou déjà trop. Alors on dit beaucoup de mercis. La demoiselle au sac à dos trop grand s'évapore en quelques pas. On dirait qu'une tortue Quechua s'enfonce dans les rues brumeuses du village. Notre carrosse 4 x 4 démarre, le bruit du moteur se mêlant à celui du vent.

Et puis soudain, tout redevient exactement comme avant.

Je me traîne dans Akureyri, sonné. J'échoue au hasard dans un bar rempli de skieurs sans skis. Je déguste une portion de frites sur un bout de comptoir. Joie de se fondre dans la population, d'être un tout petit Islandais, pendant plusieurs minutes d'affilée. Après un whisky et un visionnage émotionnel des aventures du jour, je sens déjà l'excitation de repartir. Mon addiction à la surprise s'aggrave, tenir ce carnet permet de canaliser l'ultra-présent.

Je m'achète un nouveau déguisement de mouton qu'ils appellent « pull » car demain, cap vers le cercle polaire !

29 août 2016
Grímsey

Dans la famille Avion, je voudrais le tout petit fils. Après la grosse mama Airbus qui m'a emmené de Paris à Reykjavík, et le vol pour Akureyri en avion à hélices brinquebalantes, me voilà à bord de ce qui ressemble à un jouet téléguidé. Huit passagers embarquent dans cet objet de carton-pâte. Si le pilote éternue, il casse le pare-brise.

On nous distribue des casques de chantier pour écouter le silence, une berceuse de moteurs les transperce quand l'appareil décolle. Les hélices tissent une barbe à papa de brume contre le hublot. Après quelques minutes, l'horizon se transforme en squelette de tricératops. Brillant sous un soleil aux yeux mi-clos, l'îlot de Grímsey montre les dents. Planté en plein océan Arctique, il n'est que falaises, falaises et falaises. Soixante-dix-sept habitants. Mille oiseaux par habitant. Quelques maisons Playmobil saupoudrées çà et là.

La piste d'atterrissage de Grímsey a des airs de ticket de métro collé sur un dos de dinosaure. À l'approche de notre coucou, une petite dame en balaye les oiseaux. Difficile de faire plus poétiquement le ménage. Nous glissons sur une pelouse plus verte que celle du court central de Wimbledon.

Je descends, Rosy Two bien calé sous le bras. La balayeuse d'oiseaux qui accueille également les passagers me regarde d'un air étonné :

— Skateboarding in Grímsey… hum ? First time I see a skateboard here !

— I came to cross the polar circle on my skateboard…

— Oh… No problem with that, the Arctic Circle is right behind you… It's in the garden of your guesthouse. But be careful, don't scare the birds !

— The birds scare me more than I can scare them…

— And what if you see a bear ?

— A beer ? I prefer whisky but I'll drink it !

— Not a beer a bear, « une iours », « Grr-roaaar ».

Elle fait le geste avec les bras en avant et les doigts comme des griffes. Puis elle continue, imperturbable :

— You are Mathias Malzéou from France, aren't you ?

— Yes, I am… but bears, really ?

— It's very rare… but less than French guys with a skateboard in Grímsey. Sometimes, a bear stay stuck on iceberg, piece of broken ice, and the current drive them to our coast… If you see a bear, don't move, don't make any noise. There are few chances that he is going to attack you.

— Thank you for the advice.

— Here is the key of the guesthouse. You know, all of these people are taking a boat to leave for Greenland, so you will be alone in the house, and in the airport too, until tomorrow 12 o'clock*.

* « — Faire du skateboard à Grímsey… hum ? C'est la première fois que je vois un skateboard ici ! — Je suis venu franchir le cercle polaire sur mon skate… — Oh… pas de problème, le cercle Arctique est juste derrière vous… Dans le jardin de votre maison d'hôte. Mais veillez à ne pas effrayer les oiseaux ! — Les oiseaux m'effrayent plus que je ne peux les effrayer… — Et si vous voyez un ours ? — Une bière ? Je préfère le whisky, mais je la boirai !

La balayeuse d'oiseaux me tend la clé en désignant la tour de contrôle qui ressemble à une maquette Lego. Elle m'explique que la clé ouvre à la fois la maison et l'aéroport. Et qu'ils n'en ont qu'une. Elle ne sait pas qu'elle a affaire au plus grand égareur de téléphones, cartes bleues et globules rouges de toute l'histoire de la galaxie.

— Anyway, we never really close the doors… Few people come as far as the middle of nowhere to steal a banana in a broken fridge ah, ah* !

Je salue mes compagnons qui embarquent dans un ferry direction le Très Grand Nord. Celui qui me projette déjà dans un futur rêve. « Groenland » : rien que prononcer ce mot me donne envie de monter dans le bateau. Mais je suis pleinement heureux ici, en équilibre sur le cercle polaire. La température est clémente, le

---

— Pas une bière, un ours, "une iours", "Grrroaar". […] — Vous êtes Mathias Malzéou, de France, n'est-ce pas ? — Oui, c'est moi… mais des ours, vraiment ? — Ils sont rares… moins rares cependant que des Français avec un skateboard à Grímsey. Parfois, un ours reste collé à un iceberg, un bloc de glace qui s'est détaché, et le courant l'emmène sur notre côte… Si vous voyez un ours, ne bougez pas, ne faites aucun bruit. Il est très peu probable qu'il vous attaque. — Merci du conseil. — Voici la clé de la maison d'hôte. Vous savez, tous ces gens prennent un bateau pour aller au Groenland, alors vous serez tout seul dans la maison, et aussi dans l'aéroport, jusqu'à demain midi. »

* « De toute façon, nous ne fermons pratiquement jamais les portes… Peu de gens viennent jusqu'au milieu de nulle part pour voler une banane dans un frigo cassé, ah ah ! »

vent donne un gout mentholé à chacune de mes respirations.

Ma maison est adossée à la tour de contrôle Lego. Et sur le frigidaire déglingué, un bout de papier avec le numéro à composer en cas de problème est retenu par un magnet de macareux. Que vais-je trouver à l'intérieur ? Une salade d'ailes de fée séchées ? Des sandwichs à l'oiseau bleu ?

Je peux choisir ma chambre, je suis seul. Si intégralement seul que j'ai presque le trac d'atteindre le sommet symbolique de ce voyage. Après avoir posé mon sac à dos, je pars à l'assaut du jardinet. Une terrasse en bois miniature face à l'océan Arctique et dans le jardin se dresse un petit monument de ferraille, sorte de totem indien dont les flèches désignent la direction et la distance vers les capitales du monde entier. Être si mathématiquement loin de tout me provoque un vertige de montagnes russes au ralenti. Je m'assieds sur mon skateboard posé à même le jardin et ses fleurs sauvages précieuses comme des œufs de diamant en train d'éclore.

J'enfourche Rosy Two, direction le cercle Arctique ! Je vais le traverser en skate, exactement comme dans mon rêve. J'y suis presque. Le bitume est préhistorique. Je vois le panneau qui indique le cercle et j'accélère, pompant de toutes mes forces sur la chaussée défoncée. Droit devant ! Les roues patinent dans la poussière de lave, mais je ne veux pas mettre pied à terre. C'est un moment alchimique, de ceux qu'on traque toute une vie. La suture absolue entre le rêve et la réalité. La métamorphose de l'un en l'autre. Le cercle polaire est désormais à portée de skateboard !

Soudain, un bélier ultra-cornu aux billes d'onyx noires jaillit de derrière un rocher. Il me regarde comme Nick Cave face à son public en chantant « The Mercy Seat ». Je ne fais donc absolument pas le malin. Le très gros chien de laine continue de me fixer méchamment en mâchant un chewing-gum imaginaire.

Est-ce le gardien du cercle polaire ? L'ultime épreuve initiatique pour avoir le droit de le franchir ?

Il peut charger à tout moment. Il a l'air prêt. Je commence à imaginer comment utiliser mon skateboard pour faire bouclier. Il ne me lâche pas du regard, il est en train de m'hypnotiser le con ! Il a une dégaine de diable, avec ses cornes de l'enfer, un diable perché sur un rocher de lave. Ils sont trois, mais lui, c'est le chef. On le voit à sa façon de se mettre devant, poitrail au vent et barbichette étincelante de chef. On se croirait dans *West Side Story* quand la bande des Sharks commence à sortir les couteaux. Duel de western sur le cercle polaire. Côté sud, l'Homme-bonnet de laine et son skateboard. Côté nord, le diable en personne avec ses cornes et tout. Le vent harmonise les cris d'oiseaux pour composer une bande-son morriconienne plus vraie que nature. Les secondes s'égrainent lentement. Le diable renâcle, grattant ses sabots-allumettes contre le basalte. Le soleil fait semblant d'être chaud. Je pense à Rosy, ma femme-fleur blottie bien au chaud dans notre appartelier, aux concerts que j'aurais dû faire à la rentrée, à ma famille qui a eu si peur pour moi ces dernières années et qui va me perdre à cause de mes fantasmes d'aventurier pied-nickelé. Ce serait quand même ballot d'avoir survécu à une greffe de moelle osseuse pour finir empalé par une bestiole de science-fiction au fin fond de l'Islande.

Dois-je partir en courant au risque de me faire poursuivre par la horde de démons ? Continuer à ne pas bouger en espérant qu'ils finissent par s'éloigner ? Ou l'attaquer à coups de skateboard, pour lui montrer qui est le patron ?

Je vais pas rester planté toute la journée sur le cercle polaire à regarder une bête à cornes dans les yeux. D'ailleurs, je commence à avoir un peu faim. Je me retourne doucement et m'éloigne à pas de loup vers la route. Je monte sur mon skate et m'élance sans un regard en arrière pour traverser le cercle polaire. J'entends le son d'un galop, ça sonne comme un troupeau de battements de cœurs à mes trousses. J'accélère de toutes mes forces, mais les roues de Rosy Two se bloquent dans les cailloux, m'éjectant vers l'avant. Je me rétablis de justesse. Le silence est revenu, la horde sauvage a disparu. Le cercle polaire me tend les bras. Je m'y calfeutre, épris d'une joie aussi enfantine que profonde.

Le crâne posé sur mon skateboard et un de mes pulls islandais en guise d'oreiller, je m'installe pour un championnat du monde de sieste toutes catégories. Le haut de mon corps au nord du cercle polaire et le bas au sud. Le parallèle de 66° 33' me fend le cœur et l'estomac. Je me sens traversé, habité, apaisé. Bonne nuit les petits, il n'est même pas onze heures et demie mais j'ai besoin de récupérer de ma dernière insomnie. Les rêves qui me venaient étaient si intensément agréables que je trouvais dommage de ne pas les imaginer éveillé. Comme souvent, j'en ai oublié de dormir.

Un grognement sourd résonnant au fond de mon rêve me réveille. Les grosses cylindrées sont plus que rares par ici, mais j'ai l'impression qu'une vieille moto démarre dans mon oreille. Si c'est un acouphène, il est sacrément métal ! J'ouvre doucement les yeux, gêné par l'éblouissement…

Un ours ! Blanc. Un colosse en peluche avec des crocs, à quelques centimètres de ma gorge ! Il renifle Rosy Two, puis mon sac à dos. Normalement, l'ours n'attaque pas l'homme, mais il pourrait me confondre avec un écureuil. J'aurais dû raser ma barbe rousse. Depuis mon départ, j'ai échappé aux poids lourds en folie, aux volcans insomniaques et à un troupeau de démons, mais l'ours… Sachant qu'il peut courir plus vite qu'Usain Bolt et pendant bien plus longtemps, je ne sais quoi penser de la situation.

L'ours blanc hurle et se dresse sur ses pattes arrière. C'est la première fois que j'entends le tonnerre d'aussi près, surtout en plein soleil ! Il se penche vers moi, toutes griffes dehors. Son ombre me recouvre entièrement et son poil de tapis de bain anglais me chatouille les narines.

Je me réveille en sursaut ! L'ours disparaît comme par magie… Mon cœur fait des roulements de caisse claire. Son rythme ralentit à mesure que je reviens à la réalité, le temps que je me rende compte que l'ours se promenait dans mon rêve. Je trouvais ça bizarre, tout de même, un ours faisant des bruits de Harley Davidson…

Je me lève au ralenti et entame mon tour de l'îlot. Je reste sur mes gardes. Ici c'est la jungle sans arbres, la traverser seul rend tout à coup paranoïaque. Même le bruit de mes propres pas pourrait m'inquiéter, lorsque le crépuscule se met à encrer l'horizon. Je croise encore quelques troupeaux de diables. Je passe mon chemin lorsqu'ils recommencent à me regarder façon Nick Cave chantant « The Mercy Seat ».

Pas d'ours, mais des oiseaux partout. Ils sortent des cumulus par nuées, comme si ces nuages abritaient une cité engloutie. On dirait qu'un géant a croqué dans les falaises et recraché au vent l'îlot de Grímsey. Les oiseaux planent, se relançant de temps à autre d'un petit mouvement d'ailes. Ils pigmentent la peau du ciel jusqu'à ce qu'il se fonde en océan. Et en équilibre au bord de ce fracas émeraude, un petit port, aussi mignonnet qu'improbable. On y trouve un bar-restaurant et une boutique de souvenirs. Je m'assieds pile face à l'océan (ce qui n'est pas très compliqué sur une aussi petite île) pour déguster une portion de frites maison magiquement servie par une très grande jeune fille. Elle a une façon de bâiller très généreuse, impliquée. Ses lèvres rouges offertes au ciel provoquent un embouteillage de nuages. Même la nuit hésite à continuer de tomber.

Je repars dans l'obscurité, Rosy Two sous le bras. Je n'ai jamais traversé une nuit si dense. Marcher dans un océan de café sud-américain serait plus confortable. Les étoiles semblent en économie d'énergie. Sur la route, je pense aux béliers et aux ours. Dire que je me hâte de regagner ma tanière serait un euphémisme.

Un espoir d'aurore boréale est attendu entre minuit et deux heures du matin. Ce serait le couronnement absolu de cette épopée. Mais rien ne vient. Du noir, du noir et encore du noir.

Je n'arrive pas à dormir car j'ai peur de rater l'éventuelle aurore boréale. Le silence est aussi dense que la nuit est noire. Lorsque ma barbe frotte mon oreiller j'ai l'impression de diriger un orchestre symphonique de velcros. Je pense à ma sirène qui dort à quelques milliers de kilomètres, enroulée entre ses propres bras. Son pied gauche taille 35 doit légèrement dépasser sur le côté du lit, avec ses ongles cerise aux airs de mini-guirlande de Noël. Et sa crinière de petit lion, dont elle utilise le surplus pour que les oiseaux construisent leurs nids… Oui, de temps à autre, Rosy jette un de ses cheveux par la fenêtre, et les oiseaux le récupèrent du bout du bec. Elle faisait de même avec les poils perdus par son chat, joyeuse à l'idée d'imaginer le soyeux du nid construit en poils-peluche. Rosy serait d'une grande utilité à Grímsey. Rosy serait la reine des oiseaux, certains d'entre eux nicheraient directement dans ses chignons.

L'aurore non boréale commence à poindre. L'horizon se décolore... Ce miracle-là n'aura pas eu lieu.

Demain, je commence à rebrousser chemin et rien qu'à cette idée la mélancolie me gagne. Pourtant j'ai la formidable contrepartie de retrouver mon nid de ukulélé avec ma princesse en pâte à crêpes à l'intérieur !

Mais depuis mon histoire de greffe, je ne supporte plus de reculer. J'ai besoin de vivre en accéléré pour compenser le ralenti des onze semaines de chambre stérile. Le désir d'aventure s'est décuplé en moi. J'aurais préféré faire le tour du globe et revenir chez moi par un autre chemin. J'aime les boucles, les courbes à prendre aussi vite que si elles étaient des tout droit. Faire demi-tour m'est presque impossible.

Mais le minuit septentrional a sonné. Mon carrosse skateboard est en train de se retransformer en (ci)trouille de rentrer à Paris. Je laisserais bien une chaussure de marche moche aux fées invisibles. Habitée par une créature magique qui en ferait son nid, elle pourrait devenir extraordinaire.

30 août 2016
Grímsey-Akureyri-Reykjavík

L'heure de la retraite a sonné. Le cœur empli de souvenirs si marquants qu'ils engendrent à eux seuls une extension de ma mémoire, je rends les clés de l'aéroport-guesthouse à la balayeuse d'oiseaux. J'ai l'impression d'être parti depuis des mois, de m'être évaporé dans un autre espace-temps. Je monte dans le même avion de lutin que la veille pour amorcer la grande marche arrière. Je remets un peu d'allant dans le moteur émotionnel en me disant que le prochain temps de ce voyage sera d'en partager le souvenir avec ceux que j'aime.

L'effet d'aspiration du retour à la maison transforme la mélancolie en joie. L'infusion de ciel à travers le hublot m'aide à faire fondre la balle de tennis coincée dans ma gorge. Le cercle polaire est derrière moi. Paris se dessine en nouvelle ligne de mire. Juste le temps de reprendre de l'élan.

Je ne serai jamais un vrai nomade. J'aime autant les retours que les départs. Partir pour mieux revenir. Boucle. Oscillation. Mouvement. J'aime revenir. Poussières d'éternité à ajouter dans le sablier du temps qu'il me reste à vivre.

Du ciel, j'aimerais atterrir directement dans mon appartelier. Sous la couette. Mais il me reste encore un jour pour parcourir la salle d'attente du réel qu'est Reykjavík et dire au revoir au pays des rêves en bonne et due forme. Pour récupérer Rosy One, aussi, que le vendeur d'Akureyri a envoyé par avion pendant que j'étais à Grímsey. Et peut-être traquer deux, trois elfes, les inviter à grimper sur mon skate…

En guise de cérémonie d'adieu, je plonge dans les eaux turquoise du Blue Lagoon, où l'on se baigne à l'extérieur même sous la neige. En plein désert de lave, des gens de toutes les couleurs parlant toutes les langues avancent au ralenti dans une casserole de basalte. Même un excité comme moi s'y transforme en maître zen. Je mets quiconque au défi de s'engueuler au Blue Lagoon. L'enfer et le paradis s'y superposent. C'est comme cuire à feu très doux dans un océan de diabolo menthe.

Je regarde la nuit fermer les volets sur mon règne de Roi en K-Way*. Dès demain, je devrai réintégrer ma véritable identité. Rendre ma couronne bonnet de laine et mes lunettes d'aviateur. Avouer mon imposture fantastique. Rentrer.

Mais comment se remettre de la jubilation de voler en skateboard ? D'être dans la même

* Il y a quelques années, j'étais un Roi en pyjama.

seconde Aladin et le Tout Petit Prince ? De changer d'identité à mesure que l'on surfe les kilomètres pour devenir tour à tour : Superhéros sans pouvoir. Enfant émerveillé. Vieillard. Veinard. Tocard magique. Chasseur bredouille d'aurores boréales. Auto-stoppeur transi. Lutin barbu. Aviateur sans permis voiture. Hypocondriaque transcendantal. Miette de rien perdu dans le Grand Tout, à portée d'étoile dans cet échantillon d'immensité…

Comment se remettre de cette jubilation ? En continuant à travailler à son rêve ! En installant un cadenas inversé dans son cœur pour qu'il reste bien ouvert, grand ouvert, à tous les vents, même les contraires. J'ai maudit le moteur de Rosy One lorsqu'il s'est mis à hoqueter sur les pentes du fjord d'Akureyri, mais je n'aurais jamais croisé la cime du volcan géant si je n'étais pas tombé en panne. J'ai touché à mon rêve sans l'abîmer. Je l'ai musclé en lui injectant un principe de réalité.

J'ai aimé le peuple visible autant que l'invisible. En tant qu'ex-Roi d'un jour de l'îlot de Grímsey, je décrète que les voyages à l'étranger devraient être remboursés par la Sécurité sociale ! Ne serait-ce qu'un week-end par an. L'intolérance en prendrait un sacré coup si tout le monde avait la chance de voir autre chose que son pré bien trop carré. Se confronter à d'autres façons de vivre vivifie.

Et c'est ainsi qu'aurait pu se terminer ce livre…

Mais c'était sans compter un dernier épisode-surprise dans les arrêts de jeu du voyage. Quand le match est si près d'être terminé que les spectateurs quittent le stade. L'improbable retournement de situation. Le twist de fin.

Alors que je m'apprêtais à sortir du Blue Lagoon pour un dernier *ride* vers le petit hôtel en bord d'aéroport, je rencontre un couple de Français. On barbote et on parlote en passionnés transis de l'Islande et ça réchauffe le cœur. Nous partageons notre joyeux tropisme, comparant nos voyages à une séance de chasse aux œufs de Pâques sur la Lune : des cadeaux partout, visibles et invisibles. L'accélérateur de particules à complicité fonctionne de nouveau. En quelques minutes, je me suis attaché à eux. Il fait nuit noire, le Blue Lagoon ferme, il faut sortir de l'eau. C'est un moment très désagréable car on est au chaud dans l'eau et on va devoir affronter l'air froid pour quitter ce paradis bizarre. Cette fois, c'est bien la fin de l'aventure. Le petit couple et moi nous saluons en nous souhaitant le meilleur, avec cette fraternité immédiate des partageurs de bout du monde. C'est ce que je ressens parfois quand je rencontre des gens qui sont « passés par là », des greffés.

Je tente comme je peux de faire durer le plaisir en m'attablant quelques minutes. Il fait trop nuit pour partir en skate. Tant pis. Je terminerai mon périple en taxi, l'aéroport n'est qu'à quelques kilomètres.

À ce moment précis, la demoiselle revient vers moi d'un pas rapide et avec un regard d'étincelle.

— Viens voir dehors, je crois qu'il reste encore un cadeau…

La joie du partage dans son regard restera aussi mémorable que ce que je découvrirai une dizaine de secondes plus tard. Nous franchissons la porte d'entrée du Blue Lagoon et là, toutes les personnes présentes ont le nez pointé vers le ciel. Récital symphonique de Whaaaa…, de OoooOOOH…, de « Amaziiiiiing » chuchotés. La demoiselle au regard d'étincelle pointe le doigt vers le ciel. Je finis moi aussi par lever le nez. Whaaa… OoooOOOH… Incroyable… Un rideau vert phosphorescent parcourt le ciel en ondulant. Une aurore boréale, qui vaporise la voûte céleste. Un vrai truc de fantômes, courant sur des kilomètres à travers les étoiles. Sublime ! Luminescences saupoudrées en mouvement, comme si un dieu sucrait les volcans pour mieux les couvrir de lumière. En anglais, « lumière » et « léger » sont désignés par le même mot, « light ». À cet instant, je comprends pourquoi.

Whaaa… OooOOOh… Le personnel du Blue Lagoon qui devait fermer boutique propose du thé aux gens qui regardent l'aurore. On oublierait presque qu'il fait froid. Je n'aime pas trop le thé Earl Grey d'habitude, mais celui-là, je l'ai adoré ! Demain, je prévois une épidémie de torticolis en plein Reykjavík. Un vrai gagne-pain pour les ostéos, ces aurores boréales !

Une rivière de diamant vert coule entre la Grande Ourse et Cassiopée. Même la Lune a l'air impressionnée. Je comprends que les gens qui ont vu ça la première fois aient cru à une apparition divine. J'ai beau connaître l'explication scientifique de ces vents solaires qui traversent l'atmosphère, sur le moment, je goûte moi aussi l'extase du doute.

Une heure. Trois thés. Vingt-six Whaaa… et trente-quatre OoooOOOH… plus tard, l'aurore tire sa révérence en douceur. Elle s'efface comme ce rêve qu'on a tellement aimé, comme un film qu'on voudrait déjà revoir alors qu'on sort de la salle de cinéma. Sauf qu'il s'agissait d'une séance unique. La joie est semblable à celle du pénalty marqué à la dernière minute en finale de Coupe du monde. Mais une joie que l'on célèbre en chuchotant. C'est du football dans un magasin de porcelaine.

Je suis là, au milieu du monde, avec le sang de cordon d'une femme qui a accouché à Düsseldorf il y a quinze ans qui coule dans mes veines. Métis biologique de toutes les couleurs et ce soir, tout particulièrement vert. Phosphorescent. Endiamanté de la tête aux pieds.

Sans cette rencontre avec le couple, je serais rentré en skate avant la nuit. Sur mon appli de chasseur de « Northern lights », je n'avais que 21 % de chances d'en croiser une. J'aurais essayé de me coucher tôt pour dormir quelques heures avant le réveil aux aurores non boréales du lendemain matin.

Ils me ramènent à mon hôtel. Dans la voiture, nous sommes abasourdis de joie. Quelques restes d'aurore boréale accrochés aux étoiles glissent encore sur le pare-brise.

FIN

Iceland Haïkus

Nid de volcans bleus
Dracula-lune
Étoiles al dente

Geyser immobile
Ciel argenté vermicelle
Bouillon d'étoiles

Infusion de lave
Sachet de cratère doux
À boire dans mon cœur

Vague à larmes
Océan tarte aux pommes
Étincelles en gelée

Pays pop-corn salé
Soleils caramélisés
Emporté sur place

Désert de lave
Flocons de feu solide
Éléphant-basalte

Cercle polaire
Autour de mon cou glacé
Chauffage pour l'âme

Un lac inversé
Dans les bras du ciel
Dieu phosphorescent

La désolation
Des flocons de basalte
Pareil que mon cœur

Gentillesse du vent
Coiffeur de mélancolie
Parfum de départ

Rêver de revenir ici
Là tout de suite
Avant même de partir

REMERCIEMENTS

Je donnerais n'importe quoi pour qu'existe un flacon permettant de conserver un bout d'aurore boréale. J'en aurais ramené à Rosy, à mon père, à ma sœur, à mes nièces, à Dionysos, à Olivia de Dieuleveult, aux nymphirmières, au professeur Régis Peffault de Latour et à tous ceux qui m'ont prodigué petits et grands soins pour me ramener à la vie. J'en aurais pris pour tout le monde.

TABLE

Du même auteur :

38 mini-westerns (avec des fantômes), Pimientos, 2003, J'ai lu, 2011.

Maintenant qu'il fait tout le temps nuit sur toi, Flammarion, 2005, J'ai lu, 2006.

La Mécanique du cœur, Flammarion, 2007, J'ai lu, 2009.

Métamorphose en bord de ciel, Flammarion, 2011, J'ai lu, 2012.

Métamorphose en bord de ciel, édition de luxe, Flammarion, 2011.

L'Homme volcan, Flammarion/Actialuna, 2011.

Le Plus Petit Baiser jamais recensé, Flammarion, 2013, J'ai lu, 2014.

La Mécanique du cœur, le livre du film, Flammarion, 2014.

La Mécanique du cœur, l'album du film, Flammarion, 2014.

PAPIER À BASE DE FIBRES CERTIFIÉES

Le Livre de Poche s'engage pour l'environnement en réduisant l'empreinte carbone de ses livres. Celle de cet exemplaire est de :
400 g éq. CO_2
Rendez-vous sur www.livredepoche-durable.fr

Composition réalisée par NORD COMPO

Achevé d'imprimer en septembre 2017 en Espagne par Blackprint
Dépôt légal 1re publication : septembre 2017
LIBRAIRIE GÉNÉRALE FRANÇAISE
21, rue du Montparnasse – 75298 Paris Cedex 06

35/5078/0